蜜罐冷语

我们说好不走散

金小安 著

谈朔 图

中国出版集团 现代出版社

图书在版编目（CIP）数据

我们说好不走散 / 金小安著 . 一北京：现代出版社，2019.9
ISBN 978-7-5143-7770-5

Ⅰ. ①我… Ⅱ. ①金… Ⅲ. ①随笔－作品集－中国－当代
Ⅳ. ①I267.1

中国版本图书馆 CIP 数据核字（2019）第 160577 号

我们说好不走散

著　　者　金小安
责任编辑　赵海燕　王　羽
出版发行　现代出版社
通信地址　北京市安定门外安华里 504 号
邮政编码　100011
电　　话　010-64267325　64245264（传真）
网　　址　www.1980xd.com
电子邮箱　xiandai@vip.sina.com
印　　刷　北京瑞禾彩色印刷有限公司
字　　数　213 千字
开　　本　880mm × 1230mm　1/32
印　　张　10
版　　次　2019 年 9 月第 1 版　2019 年 9 月第 1 次印刷
书　　号　ISBN 978-7-5143-7770-5
定　　价　49.80 元

序　我们不散

我清晰地记得，写完最后一个故事的那天我在朋友圈写道：

“顺利的话，《我们说好不走散》将于明年与大家正式见面。从一开始磕磕巴巴地绞尽脑汁，到现在游刃有余地整理，无论是语音碎片或者图片截屏的素材，再编辑成为故事，这里面少不了你们的鼓励和支持。

“这本书，是你们的故事，她的故事，他的故事，我的故事，我们大家的故事。

“最后，祝所有故事里的主人公，尚在一起的，继续惺惺相惜；已分道扬镳的，更纵情向前。日子无论怎么样还是要过下去的，何况我们信誓旦旦地说过要红红火火地过下去呢。”

我和老谈整理了完整的一版链接放在公众号。我知道，对许多人来说，感情并不是“一岁一枯荣，春风吹又生”的操作。在感情上，他们不具备“回购”的能力，来过即是一生一世。

爱情是什么？它始终是个气味相投、频道共振的事情。这世上有着太多的“你情我不愿”“我自认为爱你，却无法拥有你”的不了了之。

在爱情上，我们对情与欲也许都能无师自通，却不能每次都做到水到渠成。

开始写这个系列的念头，是某天和武宗杨吃饭，她突然提议：“为什么你不尝试着写点小故事呢？”在她眼里，我总是滔滔不绝直言不讳地说出各种对爱情的看法。她总说，“能一直保持这份炙热的，唯你莫属”。我是个不能被鼓励的人，人家还没说完话，我就已经一腔热血地冲出去了。

难得的是，我背后这些支持我的人。我这么一个无厘头的愣头葱，却被大家认为是“鲜活力十足”的宝。

还记得第一个故事，我是拿起电脑就开敲，没有设计感的情节令我绞尽脑汁，现在读起来生涩幼稚。其实完全可以重新修改一遍，让全文读起来顺畅，情节更加丰盈。可那就不是我当时的心情和他们当时的心情了。所以，我决定保持那年那月那个当下的记录，即便是拙劣与肤浅的。爱情也是如此，即便你日后唾弃不已、哪天真的被遗忘被隐藏，它来势汹涌之时，你都不可否认那份缠绵悱恻、至情至性的力量。

多么滚烫，多么不堪一击，又多么坚强。

开始了几个故事之后，我逐渐收到了更多的故事：我的朋友、我的蜜，甚至完全不相识的陌生人出乎意料地找到我，希望我能记录一下曾经或还在发生着的，他们的故事。一下子觉得肩头上有了一种使命感，让这份记录变得极具意义。

有人形容我的文字是辛辣、率真且具备灵魂的。那么这些情感故事呢？我希望任何时候你再读起，都能感受到爱情里独有的深深怜惜和绵绵不断——它真的弥足珍贵。

每完成一篇，我都会先发给故事的主人公，以获得发表的许可，令人特别开心的是收到这些回复：

“又回到了当时。”

“谢谢你的记录，这是最好的周年礼物。”

“我不知道为什么，你竟然能真的感同身受。”

写作对我来说，依然是一件没有目的，却满是目的的事。因为记录本身除了抒发回味，更伴随着我们成长。让记忆重见天日，需要小心翼翼地揭开，哪怕是像靠近一个多年不曾愈合的溃烂伤疤那般，即使会灵魂出窍站在原地潸然泪下——都没有关系。

这不是一个万象荒芜、精神闭锁的年代，千万不要因为逝去，让美好发展成一场仓促而混乱的落幕。从绝望最深处走出来的人，后来的每一步都是朝向这希望去的。回忆经过时间的磨难，总会散着它特有的光。相信我，无论再大的苦楚，我们都终将和善且强大起来。

当你扬帆起航，我愿与你同舟共济，相拥着前进。在爱情里，我们始终拥有一个共同的梦，梦里有彼此领会深意的默契。当我们凝视着对方，彼此眼眸犹如融化的糖球那样缠绵。

永远年轻，永远热泪盈眶。

——凯鲁亚克

人生路漫漫，我们别走散。一起去乘风破浪，再一起脱胎换骨。

我一直相信，“信者得爱”这个道理。星辰当然会布满苍穹，你得铆足了劲儿纵情向前。

金小安

2018年7月12凌晨3:14

多伦多

序　鲜活而强大

生命在于鲜活，这是金小安上一次离开上海前对我说的话。

鲜活，不正是形容她自己吗？当我发呆看天的时候，她在滑雪；当我午睡的时候，她在登山；当我眯着眼睛逗狗的时候，她在看白鲸；当我画画的时候，她在写作；当我不画画的时候，她也在写作。

可能大部分时间我都不在画画，我并没有要完成某项工作的使命感，可写作对于她来说就不是这样了。还记得安小球儿公众号的文章点击量第一次高于1000时她雀跃的表情，那真的是个微信表情，一看就知道那一刻她的心情。就跟我第一次用绘图软件画出一张人脸后的心情类似，喜悦并忐忑。

喜悦的是实现了一个小小的愿望，忐忑的是未来有更多的事要操心。她说，生命不应该是一潭死水，要怀着对美的眷恋去体验每一段人生中的喜怒哀乐，悲欢离合。

这本书来自她在公众号的系列文章“蜜罐冷语”，那是一个圣诞节，我把封面做成了她穿着圣诞装的样子，她在甜甜地笑。可其中的那些故事，可不一定就是甜甜的了，情感百态充斥其中。她说：“**我们在蜜罐里浸泡，在冷语中成长，慢慢变得强大。**”

是啊，鲜活而又强大，不枉对生活的一往情深。

序　情同道合

女人没有完成的梦想，会期望在两类人身上实现，第一是自己的女儿，那些搞不定的一字马啊、弹得溜溜的钢琴啊，甚至是从小就躲开的奥数题啊。女人们会拒绝接受基因遗传的命数，希望她们的女儿统统可以逆风翻盘。还有一类就是闺密，我搞不定的那些男人，只能靠你了，这句话我不止一次和小安说过。

过了四十岁，我开始经常在自己的青春岁月里总结规律，我到底为什么一辈子都喜欢单眼皮、酷酷的、话不多、瘦瘦的男生呢？觉得他全世界都不稀罕，就愿意牵起我的手，单这一条，我就愿意赔上自己的一辈子。唉，现在想想可能和初中高中情窦初开时节，喜欢的歌手大有关系，我是听郑钧和王杰的歌长大的，抄歌词，在电台给喜欢的男生点歌，或是用几首歌混成的句子写情书，这样的事我都干过，尽管那个年龄的暧昧对象也集齐了各种眼皮形状、各种身高，但是最忘不了的还是那种酷酷的忧郁男。

因为入了这个坑，所以我的感情轨迹一直很拧巴，我喜欢的这一类男人，大多自我、有个性、活在自己的世界里，而我始终在外面的世界看着他的精彩。对于我这样一个喜欢控制一切的天蝎女来说，这真的是一种极大的修行啊。

但小安不是，从认识她的时候起，她撩到的男生五花八门，不管有没有真刀真枪地交往过，只是说可以拿来八卦的，就从缥缈无形的双子到稳扎稳打的摩羯、从自己和自己玩的白羊到黏腻到不行的巨蟹，她每次都能把细节讲得绘声绘色，让我双眼发直。最近听说她要出一本情感书，我才恍然大悟，当年她讲的故事里，maybe一多半都是别人的故事，但有的人擅长谈恋爱，有的人擅长讲故事，小安绝对属于双料。

我曾经跟很多人说过，谈恋爱才是我一生最大的追求，我也希望自己可以尽赏繁华百色，但苦于总是有了念头却动不了心。于是，听她讲，成了我最大的乐趣。也许很多人都和我一样，此生都无法成为一个感情经验丰富的情场高手了，那么不如我们从她的书里多找些乐子吧。

武宗扬

资深媒体人

时尚芭莎美容总监

芭莎电商总经理

人 生 苦 短 ， 甜 长

目录 CONTENTS

目录 CONTENTS

目录 CONTENTS

目录 CONTENTS

目录 CONTENTS

因好友的提议，最近准备尝试一下短故事。有些所见所闻，有些亲身经历，有些杜撰想象。准备将故事类的文章都放在“蜜罐冷语”里：我们在蜜罐里浸泡，在冷语中成长，慢慢变得强大。希望大家耐心看故事，不要对里面的内容浮想联翩，也不要问我，这些都是谁。是不是对号入座，随便你。

人生本来不就是一个故事吗？认真的时候糊涂，囫囵的时候较真儿。

你们准备好了吗？那么，我开始了。

sequence

装个影子去活

有的人一辈子喜欢的类型都差不多，大眼睛总是大眼睛，小个子还是小个子，魁梧的都很魁梧，消瘦的永远都消瘦。

如果把前任罗列成一个年代版的电影回放，你会发现，曾经喜欢过的人，都多多少少带着彼此的影子在不同的时间出现在人生轨迹里。然后，都以类似的方式转身离去或者被你甩掉。

A 小姐觉得，自己没有一个特定类型的“菜”，她常和闺密们开玩笑说：“只要是好看的，我都喜欢，管他高矮胖瘦，管他鲜肉还是大叔，你们不要的，我都收。”每每说到这些，她总会咬咬咖啡杯的边儿，不知道是出于信誓旦旦，还是掩饰这不着边际的牛皮。闺密们都还记得她曾经高大、帅气、体贴的前任，分手后她一笔带过地说：“翻篇儿了。”

在遇到 A 小姐之前，B 先生除了阶段性的女伴，与感情俩字早就疏离。女人对他来说，不过是工作忙碌之余，酒精捉弄下的一种需求。带回家，可以更好地让姑娘们对自己放松警惕性，随之轻松地享受两人世界。陌生的身体，总能在没有太多情感因素的环境下擦出火花。单身男子暗色调、干净无比的家，冰箱里除了冰块和啤酒别无他物，没有任何女人的痕迹和味道。大多数充满情感的雌性动物，还是会期待后续故事的可能性。

她们不知道的是，在发生关系后的翌日，B 先生总会叫保洁阿姨彻彻底底地打扫及消毒干净，那些被误以为爱情的痕迹，会像落发一样被吸尘器吸得干干净净，然后随着垃圾袋一起被丢弃。房间被收拾完，亮亮堂堂地等待它下一个过客的到来。

人们说，睡过许多女人的男人，会总结性地将“她们”归类及打分，B 先生能吗？能，但大多不记得名字。两情相悦的感觉总还是记得的。性这个东西，总是和在乎的人发生才会格外小心翼翼。

你现在一定会知道，铺垫了这么久，这是让 A 小姐遇到 B 先生，没错。B 先生习惯性地在吃过 Tapas 后，想领 A 小姐回家。在一道道的大餐和天南海北的聊天线索中，B 先生早就套路性地贯穿了自己单身靠谱工作狂的角色。A 小姐连语调都没升地说：“不要了，我不习惯睡在别人床上，我们去酒店，然后，然后我回家。”

这让 B 先生狠狠地惊呆了十几秒，作为一个老司机从外貌判断此女子，并不像习惯性出来混的，没想到，还真是没想到啊！清纯可爱的邻家妹妹们，真的就此消失了。敢情更好了，无非是一晚上酒店钱，大家感觉更互不相欠。

A 小姐和 B 先生在酒店，翻云覆雨了几小时。A 小姐洗了澡，头发还有点湿漉漉，“那么，我走了？再会。”这种麻利儿、简单明了的女人，B 先生还是第一次见。单凭经验来说，她并不能被归类为经验丰富的类型，当然也不排除，这姑娘没天赋。

她穿上衣服准备动身，B 先生没来得及象征性地说一句“我送你”。只听门哐当一声。

低等动物在发情期都会饥不择食地到处找异性，不分美丑，谈何对错。而高等动物，则会牵扯着一系列的麻烦去寻找体会，比如情感，再比如心态。不可掩盖的猎奇心态，让 B 先生产生了极度的好奇，翌日准备退房的时候发现 A 小姐居然付了房费，内心又有种被使用了的感觉。很不好，非常不好。生平第一次，他觉得一个女人让他感觉卑微了，没有被纠缠，没有索求寒暄的后续。

他决定，联系她。哪怕是不再滚床单，也得闹个水落石出，这么一个外表娇小可爱的女人，何德何能对他如此冰冷。

A 小姐并没有拒绝 B 先生的邀请，他们约了下午茶。窗外暖暖的阳光晒在她的肩膀和脸颊上，A 小姐白皙的皮肤和柔光映射下的小绒毛像婴儿一样让人想触碰、想怜爱。如果只凭外貌，你会觉得她更像个刚毕业初入社会的学生。“现在的女人，真是深不可测啊！”B 先生恨恨地想，可又忍不住用眼角的余光继续瞟她。

像打开一本陈旧发黏的书那般小心翼翼，A 小姐终于发话了：“你大概以为我是一个很随便的女孩儿，你大概觉得我很冷漠。他离开我后我一直在寻找类似他模样的人，总觉得爱没有想象中那么难，总觉得只要一个空洞的瓶子填满了水，看起来还是一样。可我就这么带着他留下的影子，行尸走肉地活着。”

此处是不是应该响起那首《我的心里只有你，没有他》？和你缠绵着，可满脑子都是别人，这感觉凄凉又可悲。

她说完喝了一口已经变冷的卡布奇诺，少许奶泡沾到了上唇，

抿了抿，抬头望着 B 先生，满是眼泪。

B 先生很想帮她擦拭眼泪，可始终还是没有伸出手：“我早就没有爱的能力了。无论什么样的女人，都没能像她一样走进我的心。懂。”

他们狠狠地在街口拥抱了再拥抱。
他们以男女交往最深切的方式开始，又以最简单的方式离开。
也许这一切根本就没有开始。

难以摆脱曾经的刻骨，
他们选择了不带着影子去伤害。

sequence

一起走过半生，归来满是遗憾

之前是谁来着，出了本书，里面的序写道："愿你走过半生，归来仍是少年。"风风火火地在朋友圈被转无数次。

这是一句直敲人心尖儿的话，有多少人到了不惑之年，还能留有充满期待的心、激情四射的情怀和不忘初心的单纯？大多是走过半生，拥有了半大老头子的模样或是变成身材走样的少奶奶，丢了曾经的梦想，忘记许过的誓言，为柴米油盐而劳碌，磨平了趾高气扬的心气儿。人们俗称这为"成长"。

小时候学英语，老师教过一个词叫"PUPPY LOVE"，意思并不是关爱宠物，而是形容男女爱情萌动期一种简单短暂的情感，美好单纯且不持续。我们的文化中，有将婚姻以年度为单位，定义为纸婚、铁婚、银婚、金婚、钻石婚的概念。让婚姻坚不可摧之余，再涂抹一层光环。

A 小姐从小就幻想，以后谈恋爱，找一个可以把她当作孩子的男人。不用太好看，他们说好看的男人心都太活，容易出轨；不用太高大，他们说高大威猛的男人容易在外面闹事儿；也不用太有钱，他们说男人一有了钱就会学坏。能把自己当成孩子般呵护，哪怕不是很爱都没关系，被宠的感觉除了无比踏实之外，还是值得骄傲的。

一直没有恋爱经验的 A 小姐，给自己未来的另一半设计了各种条条框框。当然这都是从闺密、同学、同事们的故事中萃取的，作为一个常年的听众，她觉得很有道理。大家的经验拿出来分享，不过是想让同胞们有个前车之鉴。“靠谱”是这个年代最流行的新词之一，可你想要和你能要的，总是有着那么远又近在咫尺的距离。

A 小姐是所有传统婆婆都会喜欢的类型，四平八稳、精打细算，还是做家务的一把好手。没有太多的理想和梦想，她觉得爱情应该像细水长流的小溪一样，需要避免湍湍激流。知道自己 hold 不住帅气威猛的阳光男人，所以在故事没开始之前，她连未来夫君的职业都已规划好，不要那些天天不着家、飘忽不定的，再有钱也不好使。理工技术男、会计、单位文职，通通都在 A 小姐的“老实可靠职业单”里。

A 小姐和 B 先生的恋爱轨迹，着实很大众化。吃饭、看电影、牵手、亲吻、上床，这一切都发生得那么按部就班、那么和谐、那么理所当然，连着几个来回，他们就顺风顺水地见了家长，去了民政局，拜了堂，一切步入正轨。比起那些个而立之年还居无定所也没个情感归宿的人，他们必须是三姑六婆们口中的模范标杆。

A 小姐很喜欢煲剧，韩剧、美剧、国产狗血电视剧都是她的爱。有时候她会想，为什么韩剧老是闹得那么凄惨、半死不活，动不动就以死相逼？美剧里的男女为什么那么容易出轨，一段感情来得势头凶猛，可说散就散？还是国产电视剧平和且让人容易接受些，大多是为个家长里短掐得死去活来，最后以不现实的大团圆美好结束。不过，对于美剧里的性爱情节，A 小姐总是怀着好奇、抵触且不大相信的态度。老外的世界真不好，充满了危险信号。

谈及她和 B 先生的性生活，真不知应该怎么来形容。作为一个没有太多社会经验、恋爱经验、生活轨迹两点一线的人来说，“同房”或许是一个更容易让人接受的术语。如果非要去描述，那么应该是存在、发生，然后又发生了。电影中呈现性爱要死要活、醉生梦死的一面，A 小姐坚持认为这是夸大其词。生活嘛，重要的是一日三餐、一蔬一饭，那些所谓英雄梦想，都是不切实际的。

B 先生看起来绝对是个好好先生，不胖不瘦、中等身材、戴着眼镜，紧张的时候会稍微有点儿驼背，面部表情不太丰富，人生唯一的娱乐就是上厕所的时候用手机玩儿斗地主。他的胃不太好，不烟不酒，每周一到周五都穿着一个类型的上班装，袜子和内裤都是单位年会发的商场购物券换的。他的人生是一条笔直的直线，上学、毕业、实习、工作、结婚、准备生子。没有过浪荡的青春，也不懂得如何撒野，他相信，不是所有人，都能拥有青春。有人的活力线很长，一辈子都在起起落落，他们的生活像过山车一样冲到高点，又像降落伞一样腾空而下，从来就没有 boundary。他们有条件有外貌，他们敢说，老子喝过最清澈的水，睡过最美的妞儿，爬过最高的山。任何一个时间点结束，老子没有遗憾。

A 小姐不是不食人间烟火，她不大玩儿游戏，但很喜欢新鲜有趣的事情，也爱关注社会八卦，哪儿哪儿着火了、什么国家旅游比较危险、谁谁谁出轨了等。这些都是她和B先生每天茶余饭后能一起说上的“共同”话题，到底是不是“共同”，也不太好说。这世界上啊，有些人爱到大打出手、爱得歇斯底里、爱到骨子里疼在心尖儿上；有些呢，则是一抹茶余饭后可以咂咂嘴的味道，没有好或者不好，反正胃告诉你吃饱了。

他们开始了备孕“目标行房”，哪天进行，需要多久，A小姐会严格地测量体温，算好日子，然后毫不隐晦地提醒B先生今天又到了交公粮的日子。

做爱的时候A小姐总是女下，在观念里，这是男女的正确姿势。她有时候会忍不住盯着墙上的挂钟，tick-tock tick-tock的，算着哪一秒钟“晃床仪式”会随着加快的频率结束。当然她偶尔也幻想过山崩海啸般的突变，好像电影《后天》里面那样，挂钟会突然砸到地面，他还在她的身体内，整栋大楼崩塌。随之就是她不停地测试，期待好消息的来临。

在试纸出现两条横线的那一刻，A小姐感到了一种释怀，不是初为人母的兴奋，不是胆怯，更不是惊恐，是——如释重负。好像用很多心血、很久时间做的功课，终于交了出去，并不需要知道成绩的那种释怀。

之后发生的这些程序，都是大家熟悉的大众套路。他们喜悦地通知双方父母，B先生一次不落地陪着产检，A小姐攒够了产假，上班到最后一周，然后狠狠地体会了一把女人的滋味：撕裂后又被缝合，把如滴血般的初乳挤出来喂奶。她一步一步地学着娴熟。B先生高调地在朋友圈宣布女儿的出世和自己当爸爸的消息，放了一家人的合影，看着就温暖又符合社会节奏，也是狠狠地给单身狗们的伤口上，又撒了一把盐。

年复一年，A小姐B先生安排好每一个周末，女方父母一天，男方父母一天。老人们把孩子宠上了天，看着他们心满意足的样子，A小姐也忘记了曾幻想找个把自己当成孩子的男人。女儿慢慢大了，开始学游泳、学钢琴、学奥数、学英语，两个朝九晚五的白领和一个健康快乐的孩子，生活那么简单美好。

读到这里，你一定期待着一个转折，或是一个起伏的回旋。和电影不同，我给不了你一个A小姐选择离开的特定原因，她是那么尽职尽责的好太太，那么严厉无私的好妈妈。可有些人好像悬崖边的马一样，一下没拉住，就回不了头，勒不住。

决绝地，她选择了一个最原始的方式告别，没有微信，没有邮件，也没有拿走任何贵重物品。而是洋洋洒洒地写了一大篇信件：

> 你啊，早上不要喝太凉的东西，定时定点吃饭；女儿的寄宿学校已联系好，资料在抽屉里。
>
> …… ……
>
> 有时候换一换穿衣的风格也是好的，你肤色亮堂，穿点儿深色的衣服。
>
> 袜子和内裤还有床单，不要放在一起洗。
>
> …… ……
>
> 有空的时候多陪陪父母，我爸妈那边麻烦你多担待着点儿。
>
> 我们之间不要有愤恨。任何人都没有做错什么。
>
> 陪你走过半个人生，我尽力了。想经过德里克海峡，

吐个天翻地覆，看看冰川看看企鹅；也想看看传说中的北极光，经历一下书本里描写的极昼和极夜；还想感受一次爆裂的太阳，晒成全古铜色；哪怕是一个人开车沿着金沙江畔，看看湍急的虎跳峡。

不否认曾经，也不留有遗憾。
我一天一天发现你的平凡，
同时却一天一天愈更深情地爱你。
——朱生豪

B先生没有追，留守在原地给这个任性“擦屁股”：照顾父母，疼爱女儿，朝九晚五地上班。大家都觉得他可怜，也都小心翼翼地不敢提。好像什么都没有发生一样，每天墙上的挂钟还是嘀嗒嘀嗒地走，山盟海誓没有来临，山崩地裂也没有来临。他不知道是不是自己多年伪装的样子被无底线地揭穿：是用私房钱睡过的小姐跑去告了密？还是同是婚内出轨的相好撕毁了他们的约定？也许她发现了他接待客人单位签账的痕迹？女儿早就满满地占据了她整个人生。他以为，沉下水的事情，永远没有人知道。

不再去追想，A小姐说了，不否认曾经，不留有遗憾。值得一提的是，临走前的那次做爱，她坐在了他身上。

也不知道她到底有没有爱过，就这样半点儿反抗都没有地离开。

I don't nee

sequence

那么好地爱对方，并不是为了遍体鳞伤

如果说前两个故事，都是在为这个故事铺垫练笔，此时你会期待吗？

有人说我具备“直女癌”的特质，将男人抹黑。

不是的，在我的故事里会有负心的男人、浪荡的女子、不适合在一起的伴侣，以及狠狠爱过的曾经。不愿意苛求不现实的完美，让故事呈现它们原本的样子。

很多年前的那部《大话西游》，深深地刻在了人们的脑海和心里。大概剧情 A 小姐并不能完全回顾，只记得自己哭得像烂泥一样。在她的世界里，只要勾人眼泪的电影，都是好的。她曾经很长一段时间为了迎合周遭，卷入了爱看好莱坞大片儿的潮流，那些个 biang biang biang 的枪战片、僵尸横行的灾难片扫了一溜够。回家自己恶补 *Briget Jone's Diary* 和特无聊的法国文艺片，哭瘫在沙发上。

如果说每段爱情故事都需要有开端和结局才算完整，那么 A 小姐和 B 先生的故事，只能算残缺的：他们不知道是如何开始的，也不知道怎么走着走着就散了。因为狠狠地来过，她宁可相信这一切从来没有开始，而他愿意相信这一切都不曾结束。

A 小姐打小就是个胆小的人，大街上突然蹿出来的野猫、供暖时突然作响的地板声音，或者学校里流行的鬼故事，都能让她脊梁骨发凉、心跳加速。不胖不瘦的身材、忽闪忽闪的睫毛、晒不黑的白皙皮肤和玻璃一般的小心脏，让 A 小姐总能被周遭的男生所保护、怜爱。

在这个玻尿酸横飞的年代，女孩子们不再会扭扭捏捏地不敢表白，她们会经历个把挠墙的夜晚，然后勇敢地示爱。A 小姐从小就不太会直白地表达，她甚至觉得自己是有性格缺陷的，认为暗示和眼神就能代表一切。属于自己的，总会出现，如果注定了失去，又何必丧心病狂地去追？曾经有过的情感经历，貌似顺水推舟，不知道怎么有男生表白了，看上去暖暖的，她又不太会拒绝人，那么，那么就在一起吧。分手原因貌似都是距离，毕业了大家到了不同的城市，自然就不痛不痒地说再见。

A 小姐告诉她的闺密，总感觉自己是一口测量不到深度的水井，当对方在深陷，她就想离开。

世界上形形色色的男人很多。有的温文尔雅，有的阳春白雪，有的粗犷威猛，有的拿钞票去砸人，有的曾经被深深地爱过也深深地去爱，还有的是在空中漂移。B 先生呢，凭着他绝对的任性和脾气，注定是那种人群中不一样的风景线。

北方狼族般高大魁梧的身材，因为常年抽烟，男低音里夹杂一丝丝沙哑。A 小姐后来和闺密再谈起他的时候，还会眼睛湿湿的，虽然没了刚分开时的那般绞痛，但这是她一辈子都不愿意轻易触碰的区域。

B 先生，是任性地在一个派对上把 A 小姐牵走的。像所有韩剧里面那样，人群熙攘中，他一眼就看到了她，他觉得她像一颗安静璀璨的星，是那么不同。B 先生周围从来就没缺过女人，有人说他无论星座还是性格都很有异性缘，所以他的历届前任都因为没有安全感把自己培训成了福尔摩斯。

就这样连个招呼都不打，A 小姐开始了一段过山车般的旅程。恋爱的初期大家都会有条件性地交换历史，A 小姐愿意聆听关于他成长的一切故事，那是一个她完全不会触及也不能想象的世界：充满刺激，随心所欲，没有任何条件与负担可言。也不知道为什么，B 先生会毫无保留地和 A 小姐分享自己曾经的过往甚至性爱经验，他就是感觉 A 小姐和其他女人不同，她像是一直生在冰川的带刺玫瑰，不在意曾经的历史，也不展望计划将来，她像一个孩童一样渴求着他的诉说，对他着迷。

深爱过的人，谁又不是对谁着迷，大家不会比较谁爱得多、陷得深。因为这本是一场共同沦陷。

后来A小姐和闺密们回忆他们的故事，她总会间歇性地停顿一段时间，喝点儿水，上厕所，或者假装想不起来地扭开头去。其实是因为太疼，一字一句地诉说，呼吸都被牵扯得有气无力。

很多人都以为，B先生对A小姐，和他曾经的那些姑娘一样，看着高兴，睡着舒服，领出门走几圈，然后就觉得好没意思，迫不及待地想换换。

A小姐不烟少酒，随着太阳的升起作息，每周坐班制上五天半班，下班了也很少外出，最常去的两个地方是瑜伽馆和按摩院，三两好友闺密都结婚了有了孩子，慢慢地外出聚会就越来越少。看到大家在朋友圈转发帅气的奶爸抱孩子的样子，她也曾幻想自己未来宝宝的模样，如果真的能找到一个“你负责美丽如花，我负责干活儿带娃”的男人该多好。

B先生经常会把A小姐扛上肩膀，告诉她无论这个世界发生什么，他都会不弃不离。B先生又烟又酒，很喜欢带着A小姐参加各种朋友聚会，他迫不及待地想告诉朋友们她是不同的。他们在大家面前不忌讳地如胶似漆，B先生的朋友也会忍不住告诉A小姐，他的反常和不同，A小姐觉得很自豪、很幸福。

A小姐愿意放弃与家人聚会的时间和朋友聊天的时间，工作加班的时间，就这样，和一个男人守在一起，哪怕什么也不干。当然，在B先生的理论下，男女之间的稳定桥梁，必须建立在活跃且经常进步的两情相悦的基础上。

A小姐在遇到B先生之前，有过几段男女关系。她对此，自豪之余又想隐瞒，有一个是初出茅庐一次性的任性，剩下的，就都是正常交往过的男朋友了。B 先生给她的体验，是那么难于言表、与众不同。像《五十度灰》里面的那个男主角那般，他手把手地教她更好地感觉自己：似乎灵魂被叫醒又被掏空，瞬间的肢体困倦让呼吸变得奢侈，又好像凤凰涅槃那般，随时随地可重生。

可能是胆小的缘故，A 小姐睡觉的时候，喜欢抱个松软的枕头，穿上长袖衣长裤，也喜欢沉得能把人压个半死的那种被子，喜欢那实实在在不会跑的存在感。B 先生告诉她，这是没有安全感的表象，说罢就霸道地压倒她，温柔地吻遍她每一寸，再慢慢地进入她的身体，在她颤抖之前在她耳边嘤嘤耳语：我就是你的安全感。

她感觉自己像一块海绵，不停地被侵蚀，不停地在渴望。

他们没有一个完整的故事，他们有着若干的故事。

曾经在沙滩上躲在太阳伞下遥望着冲浪的他，她倍感骄傲幸福；曾经在零下二十几度的冰天雪地里，他把她裹得像襁褓中的婴儿，哈着热气为她取暖，她觉得地球真的就快停止转动了；她曾经在没有他的无数个夜晚，翻看着他们的照片，想念了又想念，眼泪忍不住哗哗地流；他们曾清晰地聆听彼此的心跳，怎么说爱，都觉得不够。

A 小姐生平第一次，没有那种想逃离的迫切感，为了他，背弃整个世界都值得；他曾唱赵传的歌给她，低低的萎靡，暖暖的磁性：“输了你，赢了世界又如何？”

后来，他没有赢得整个世界，却在人群中再也找不到她。

很长很长一段时间，他们像不要命了似的守着对方：感觉时间飞逝，抱着抱着一天就流失了；又感觉时间停滞，奢望每一瞬间都能停止。B 先生说：“我不想浪费和你在一起的半分半秒，想时时刻刻守着你。”A 小姐看着他，感觉活生生地诠释了一下“心有所属”：全盘给出，属于自己的部分，仅剩躯壳。她躺在他的怀里，B 先生拨弄着她的乱发，“你就像棵含羞草一样，一碰就会缩起来，可越缩呢，我就越想去招惹你。”

B 先生小时候大概没有犯欠地玩儿过含羞草，含羞草被触碰得太多，很容易死掉，含着不乐意的情绪，死掉。

有次 A 小姐喝多了，头晕目眩中突然觉得，这是一段没有尽头的感情。不知道文学作品里，感情的未果都需要用什么理由，很多时候她感觉周遭这一切好像是重度雾霾中的海市蜃楼，吸着毒气，在恐惧中预知一切的消逝。

B 先生从未对一个女人，有如此强的占有欲，这种渴求并不完全来自肢体，更多的是他想在精神上绑架她的念头，不想她再去爱任何人。基于 A 小姐一直给他树立的光辉爷们儿形象，他不能让她知道自己如此脆弱龌龊的心思。可他就是嫉妒任何一个能和她在一起的人，包括家人和朋友，他不想和任何人去分享她的时间。说来可笑，他曾经是一个那么需要自我空间的个体，甚至一度认为男人出轨的一部分原因是女人们令人窒息的沟通方式，风筝拽得太紧。可他现在愿意被拽着，最好拴起来才好，一分钟也不离开。他不知道自己是怎么了，哪怕是信息稍微延迟回复，都会让他倍感不安。A 小姐也曾半开玩笑地说：“你觉不觉得我很像你的玩偶，被你关起来，与世隔绝地用爱摆弄，淹没。”B 先生会生气地解释并非如此，真的是因为太爱太爱，已不会用力适度。他就是想把自己剖开了揉碎了给她，什么都给她，有时候用力抱紧她，她会挣脱开抱怨被弄疼了，隐约中他觉得她是迫切的。

IF YOU WANT TO FIX SOMETHING, YOU HAVE TO TAKE EVERYTHING APART. AND FIGURE IT OUT WHAT'S IMPORTANT WHAT'LL MAKE YOU STRONGER.

——*DEMOLITION*

作为一个天性容易情感疏离的天秤座，A 小姐有几次在气头上还真想过离开 B 先生。他是那么地幼稚、那么地爱无理取闹，可这种随机性的想法掠过大脑就已然让她心脏发紧，倍感呼吸不畅；气哼哼的她还是会嘟囔：“等有天不再难受了，我就不和你好。”

这种感觉并不像弄丢了什么心爱的东西那种疼，而像有异物插进了指甲缝，直蹿心脏，全身一阵阵地发麻，被撕裂般的难忍。A 小姐觉得，如果不能学会坚强，她大概一辈子都离不开这个男人了。

在一个 B 先生宿醉的清晨，A 小姐发现他在看她手机里的所有信息。为了示爱，她早就把手机锁屏密码设置成了他的生日，她觉得他们之间的信任是默契且默认的，眼下的这一幕让 A 小姐突然又唤起了那种被抽离的感觉。他们开始了争吵，喋喋不休，毫无缘由地不信任和猜忌。A 小姐开始避免和异性接触以让 B 先生踏实，抑或，间歇性地接触而不再通报他。

他们之间开始有了秘密和不真诚。人性里有种物极必反的力量，可怕又可耻。A 小姐开始变得很想把时间一块儿一块儿地分享出去，外面的世界，看起来亮堂又美好。

要想一份爱情不夭折，你需要卷进对方的生活，亲人和朋友圈子，而不是靠近。B 先生觉得自己仅仅是靠近在她身边的一个伴侣，无一特别。掏心掏肺地说，他想要稳定想要未来想要每天推开门就见到这个女人的微笑。可她是犹豫的，也是忧郁的。A 小姐甚至不知道自己犹豫什么。如果说信任是一点儿一点儿建立起来的桥梁，那么她和 B 先生的不是。他们一开始就盖了一栋金刚水泥大楼，然后再彼此一点儿一点儿拆迁。

他变得易喜易怒，摸不到方向；他说要不我们去大理的洱海，不要大城市里拥有的一切，就此山盟海誓，再不分开；他依然日日夜夜地渴望她，期盼着可以没有缝隙地占有她。她开始拥有各种各样忙碌的理由，她依旧很爱他。B 先生说：**“也许我们是相反的两条轨迹，我浪荡了一路，现在就想踏实地抱着你睡觉；而你的人生始终一板一眼、按部就班，我们的激情激起了你对生活的爱，你想更勇敢地面对世界，你终将会离开。”**

这是一个没有悬念的故事，他们分手了，更确切地说，B 先生被分手了。他完全失去了理智和方向，谩骂、哭诉、恐吓、央求，直到他慢慢地学会自己把撕碎的心，一片一片地拾起。

一片一片地捡起来。A 小姐不用捡，因为他觉得她从来就没有像他这般难过，也永远不会低头。A 小姐不用捡这些记忆的碎片，因为她根本已经丢了自己的心。

他问她：“到底发生了什么，会走到今天这般模样？”

她说：“感觉窒息，看不到尽头。”

他们最后都没有说再见。

也没有诠释分手中的“再见”应该具备的情景。

是还能再见面，还是再也不见。

某天深夜，B先生走在大街上，叼着烟头，习惯性地发了句“wanan”（这是他曾用来道晚安和说爱她的方式），信息被弹回的同时还有一个红色的叹号，刺心又刺眼。

想到以后都不能再抱到她，他脑子里还是盘旋着“怎么走着走着就散了”。

我遇见你，就像找到了我真的自己。如果没有你，即使我爱一百个人，或者有一百个人爱我，我的灵魂也终将永远彷徨着。你是我独一无二的。我将永远永远多么多么地喜欢你。

——朱生豪

sequence

爱我你怕了吗？

大家觉得故事三有点儿过于冗长，当时是想试试如何不用太多细节来进行人物内心独白的描写。可能是我太习惯这种方式，所以一激动就写多了，这个故事不会太长，还请耐心看。

感谢你翻开这本书！

科学数据指出，大部分人在一生中的不同时间，都会“暗恋”。有的暗恋能因为人物、事态变化而最终转正；有的呢，则因为默默无闻的个体无疾而终。

也有种说法：“暧昧”，如果去掉“爱”和“未”，那么就只有“日”了。男女的最后一道防线不过就是性关系，突破了，也就没有后续的意思。**如果想要长久的友谊，那么就最好什么都不要开始。**

如果说世界上有种男人，是让人看了倍感动心且觉得hold不住的，那么B先生一定就是那种。他浓眉大眼，身材高挑，魁梧的肩膀，低沉的声音，喜欢各种刺激高危的运动，还有一颗荡漾漂浮的心。暴露年纪地提一下当年郑少秋版本的“楚留香”，B先生大概是个魁梧版的楚留香，遇到漂亮身材好的姑娘就忍不住一把搂进怀里，激情过了很少藕断丝连，立马决绝，他从来就没想过踏实稳定，他有那么多的梦想还未实现，7+2的登顶攀岩已完成4个，成为阻力的女人，只能通通靠边。

在认识B先生之前，A小姐早就听说过B先生与CDEFG小姐的故事，煽情的煽情，激昂的激昂，心碎的心碎，反正最终结果无非是女孩儿耐不住他总是不在身边的寂寞另谋高处，要不就是他觉得麻烦一脚踹开，老死不相往来。

他好像好久不曾用心爱过了，用心是件很麻烦的事。

每个故事的开端的时间地点人物都不同，男一号不变，结果大同小异。

A小姐一直拒绝与B先生这种男人正式会面，她觉得甚是危险。这几年世道不好，B先生倒是稳重了许多，也象征性地学会了与自己独处：规律性地健身，偶尔和朋友小酌，姑娘选择性地往家带，偶尔享受一个人的清静。

B先生最近交了一个女朋友，巨蟹座，她样子斯文，不爱化妆，比起前面难缠的历任要好太多，真心不黏人。在B先生出去野的日子，她绝对是照顾有加、绝不骚扰。B先生有时会长叹一口气地觉得：这大概就是情感最终的出路。

相敬如宾，互不干涉，时而过过二人世界，这也许是感情的一种“高度文明”。他女朋友说只要他不离开，就行。之前还真没发现巨蟹女如地贴心居家，也许有天，只是说也许，B先生还真的会考虑和她步入婚姻的殿堂以堵住七大姑八大姨每年春节时唠叨无限的嘴。

可他没想到，**生活最美的地方，不仅是诗和远方，还有“不期而遇”。**

世间所有的相遇
都是久别重逢。
——《一代宗师》

又是一个朋友聚会的日子，最近这段时间B先生选择性地出席社交场合，当作一种放松，不再会像年轻时怀着一醉方休的心情进场，然后酩酊大醉地出场。

寒暄敬酒的余光中他看到了A小姐，她一个人坐在角落，面颊粉红已微醺，大大的眼睛，略施胭脂，好像B先生初高中对着吹口哨的那些女生一样，带着一股子说不出的稚气和羞涩。手里的手包居然是个卡通动物，和当下的场合完全格格不入却又很是可爱。他坐在另外一个方向凝视了她许久：不是那种戴着美瞳、手术后傻大傻大的眼睛，高挑的鼻梁，身材中等，小裙子挤出来一点点白皙的小肥肉，修长的手指。她，很安静。

许久之后，B先生走过去要了她的微信，出乎意料的是，她没有看起来那么瑟缩和高冷，他们互相加了联系方式，寒暄了几句，之后A小姐借故离开。

她的背影很娇小，让人有种想一把搂过去的冲动。

当天晚上B先生翻看了她的所有朋友圈，没有自拍，没有晒娃，没有足迹，没有晒菜。偶尔三两好友聚餐，偶尔转发一下“大V”的文章，偶尔感叹下秋天的落叶、夏天的雨水，仅此而已。A小姐应该是一个典型的文艺直女。因为共同的朋友圈子，有些朋友圈可以看到她和朋友们之间的评论，风趣又开朗，和她的样子大相径庭，估计是个闷骚型。他很好奇她曾经的经历和故事，他迫切地想要了解她的一切。

对于很在乎的，人们总是显得小心翼翼，怕伤害。

B先生也扪心自问，这是不是一场不期而遇，没有结果的事。

可他就不是一个喜欢追求结果的人。他奔放，他敏感，他热情，他想要选择去爱谁不去爱谁。B先生忍不住联系她，时不时地，转发个饮食注意事项或者搞笑视频给她。A小姐总是搁置好久才回复，不是emoji笑脸，就是嗯嗯哈哈的，半句话都不多。“有没有那么害怕言多语失啊？”B先生想，多和我寒暄下，都不行。

得不到的永远在骚动；
被偏爱的，都有恃无恐。
——《红玫瑰》

A小姐没有告诉他，自从加了微信以后，他一直是被置顶的。每次延缓回复，是因为不知道如何回复。她不想告诉他，很早很早以前，她已经久闻B先生大名。她也翻看了他所有的朋友圈，还存了几张她喜欢的照片。他的世界是那么遥不可及；他的心，也是那么遥不可及。她并不着急开始他们的故事，也许一直都不会开始。

—你喜欢什么类型的男人？
—很man的，在他身边会觉得踏实安全。
—那不就是我？
—呵呵。
—爱我你怕了吗？
—……你有女朋友。
—爱我你怕了吗？
—我不知道。

她始终不敢正面回复，在这些个月已经脑补了他们未来的故事，包括他吻她时她滚烫的唇温。发生不发生，貌似都不重要了。他满足了A小姐对一个男人所有的期待。

他始终穷追不舍。很想去感觉她的温度，他幻想过她的身体，他渴望能拥抱她。

也许他们最终会像 CDEFG 那样未果，草草了事，这都是我们去假设的也许。

感到害怕的同时，不正意味着深不可陷吗？

你懂。

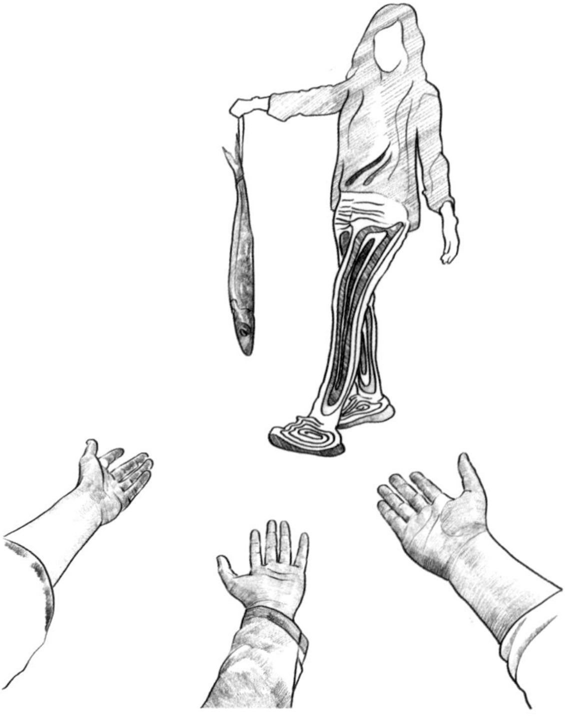

sequence

我爱你，还是更爱苟延残喘的自己

直接切入正题，故事五里面的 A 小姐与 B 先生，他们不是男未娶女未嫁，两人都有过历史、有过失败、有过撕到碎的婚史。

他们决定先体验对方的身体，再随着感觉来爱。如果一定要用一个词来定义这个初始阶段，那么只有性伙伴最为贴切了，没有 commitment，不需要吃饭看电影逛街牵手，一个眼神，大家可以直接步入床垫的殿堂。也不需要查户口一般去了解彼此的历史，完全不累心。

某天的中午，B 先生发信息给 A 小姐，意思是要不要一起吃个晚饭。A 小姐拿着手机，瞬间愣住，感觉一股暖流从心底油然而生：有这个必要吗？这男人看着挺有套路，可又有点儿与众不同。

然后他们一起吃了好多好多顿晚饭，甚至到后来的一日三餐。他们决定把这段关系进行 exclusive，就此世界只有彼此。每当 B 先生炙热地拥抱她，顺着她身体的曲线往下吻，她老是恍惚觉得上了天堂。

在没有期待和预期结果的时候，我们往往会享受最美好的体验。

他们彼此渴望，又极度害怕失去。他们决定尝试要个孩子，将爱情进行到底。

上天没有等他们屡屡尝试就宣布了这个喜讯，A 小姐和 B 先生在旅途成功产出了爱情的果实。他们决定结婚。整整十个月的怀胎，她没有一天怠慢，她不要自己变得愚蠢笨拙，她想让他的火焰永不停息。

后来 B 先生描述他在产房看到她剖宫时的情形，他眼睛湿润，抿了抿嘴："仅此一次，绝不要我的女人再受苦了。"听得她心里像喝了蜜一样甜，她的闺密们羡慕得膝盖都碎了。

有孩子之后的她变得愈加母性，做爸爸之后的他，变得日渐话少。B 先生觉得压力无限大，老婆、孩子、丈母娘、老丈人，曾经激情无限的爱被挤得没有空间；A 小姐也怀疑是不是所有的爱情，最终都会变质为亲情。看着他涂剃须泡刮胡子的样子，还是像情窦初开那般心痒痒的。有时候你的感觉，未必是我的感觉；可我却非要把我的感觉说成是你的感觉。

他们是一对看起来很摩登的夫妻，男才女貌，A 小姐一直保持她妖娆的身材和充满了梦想的初心。世界那么大，她想和 B 先生白头到老的时候还能准确地嗅出对方的味道，还坚守彼此为之打动的信条。B 先生由于黑白颠倒的工作，身体每况愈下，也有哥们儿说，人一稳定，之前绷紧的神经就都垮了。他感觉自己像泡在水里的一张餐巾纸，一块块地被撕裂着，慢慢地被瓦解。因为身体的不舒服，他开始变得对什么都没有兴趣，郁郁寡欢，脾气也逐渐暴躁。

A 小姐不知道哪里出错了，明明开始的时候，一切几近完美。

她放下一切小姐的架子，努力地取悦他，可B先生就是不快乐。她问他："我可以给你什么？"他说："我好渴望健康的身体。"

周遭发生的一切让她感到恐慌和害怕，想想未来的许多年，觉得暗淡无望，不知所措。看到他饱受折磨的样子，A小姐觉得自己也快碎了，可又能做什么？她假装坚强和不在乎，可她就是在乎。

有天B先生说："我想一个人离开这个城市，去一个可以安静养老的地方。"她突然凌乱了。A小姐的眼泪夺眶而出，忍不住歇斯底里："那我呢？我们呢？"

当知道爱人没有把自己纳入他的世界，这种感觉好比被宣判了死刑。

根本不存在"我们"，是突然没有的，还是从来就没有过。抛开A小姐成长的城市，亲友和父母，还有她的工作及孩子，还有A小姐本人。B先生说："我还是很爱你的啊，想要健康地生活，分开两地我们依然可以见面。"A小姐心里刀割一般地问自己："那么还有未来吗？天各一方的生活意味着什么？"多少个夜晚她在浴室里躲着不肯出来，一遍一遍地洗刷自己，希望这一切能就此过去。

可没有过去，B先生还是决定搬离这个压力大环境差的地方，regardless其他。

A小姐尝试着用工作去麻木自己，加班、健身、带孩子、陪父母、和闺密吃饭——这世界还是美好的，我们不应该为一个男人而活。

可B先生是她的此生挚爱啊，她觉得她也是他的。曾经的一幕幕每天都像过电影一样闪现，连呼吸都觉得疼。

于是她潇洒地提出："要不大家都找个性伙伴吧，但不要像我们那样对彼此动感情，给我留点最后的余地。" B先生回复了一句："你别老瞎想，神经病啊。"她以为回旋了这么久自己可以做得潇洒，怎么知道还是觉得胸口被扯开了一样，呼呼地灌着冷风。

拥挤的大都市，长鸣笛一直响，她甚至不知道自己把车开到了哪里，然后需要再去哪里。每辆车都在刹车，一闪一闪的车尾灯，好像是她被宣判后苟延残喘的心脏，无力地被一下一下地踩着，凑合呼吸着。她不知道如果没有他，自己是否还能再爱了。那么最后无力呼吸的，到底是谁。

把车在地库停好，她整理了一下自己的乱发和哭肿的眼睛，不能让父母看到自己没了魂儿的样子。

推开门看到一个熟悉的身影，"回来啦？"

命运和生活，不一定能像我们幻想的那般愉快地发展，可心怀美好总是好的。

晚安。

走啊，哥带你玩儿去

每个青春期的姑娘，都有自己 YY 的对象，A 小姐从小就讨厌那种皮肤很好、文质彬彬的男生，尤其是戴眼镜的。虽然自己有时候看不清楚黑板上的字也会眯起眼睛，但就死活不要戴眼镜。不是说眼睛是心灵之窗吗？窗户被盖上了，多添堵啊。

A 小姐喜欢趴在学校三楼女厕所的窗台，那里总能看到高年级的男生们出来打篮球，其实她也看不太清楚他们的样子。运动中的男生们，都是很帅气的，反正也闻不到臭汗酸味儿，就感觉浓浓的肾上腺素往三楼直蹿。

A 小姐放学回家的路上会看到很多身材高挑、骑着二八单车的男生，一看就是未成年还叼烟，有的看起来酷酷的，有的看起来洗不干净的感觉，有的因为身高应该直接被刷屏，还有的大概就是拎包混饭的。

遇到 B 先生那一年，她 16 岁，一个胶原蛋白横飞的年纪。

戴着牙套，英语还不太好的她，在国外的酒店大堂发现房卡丢了。不是第一次自己出国了，但这个年纪做事还是马虎不已，证件也在房间里，不知道怎么解释。B先生像所有的英雄救美故事里所叙述的那般，英气逼人地将A小姐从一堆酒店服务生中救出，满口流利的英语，魁梧的肩膀，身上还有淡淡的烟草味道。A小姐的小心脏，瞬间差点儿停跳了。

那年B先生正当而立之年，事业稳步上升，全球飞人，大她整整15岁。小姑娘真水灵，他看着她走在酒店过道，一身柔软的胶原蛋白弹呀弹。他顺口就约了她一起吃晚饭："第一次来澳大利亚吧？走，哥哥带你玩儿去。"A小姐若干次幻想放学的时候被小流氓劫钱劫色，最后有个闪电般的男孩儿出现，说一句"哥带你走"。

没想到闪电般的人出现了，还带着光，好一个成熟的大男人，她连想都没想，跟着就走。要是没爱过浪子，白来一辈子。

她本来要在澳大利亚看学校的计划完全被打乱，回国还不知道怎么向父母交代呢。一早5点B先生把她拉起来去海边看日出，下午晒太阳玩儿冲浪，晚上去看漫山遍野不会飞的萤火虫，吃特别好吃的巨大的冰激凌，乘上上下下的单轨电车逛全城，晚上数数不尽的星星。

如果用一个词来描述初恋的样子，那么A小姐会词穷地只选择"美好"二字。

这些天他除了拉她的小手，从不曾吻她，也不曾用力地把她拥在怀里。这让A小姐在很多个清晨都会去怀疑这一切存在的真实性。对于B先生来说，她太渺小、太嫩。

在他们同时回到属于彼此城市的那天，B先生在机场狠狠地抱住她说："小孩儿，旅程结束了。我们不合适。"回家的路上她号啕大哭，才发生的这一切都是什么？这都是什么？怎么没有开始，就画了句号？

有趣的是B先生偶尔会冒出来，还是那句：“忙吗？哥带你玩儿去？”

年轻时候人们总觉得恋爱是大过天的，因为没有经验才会去作才会抓得过紧，才会完全忘我没有自己。A小姐无数次地告诫自己，要把他删掉，把他忘记，远离这样一个人，可是她做不到。

每天晚上，她攥着手机睡觉，有时候清晨醒来一手是汗，从来都是没有任何音信的空等。

他喜欢赵传，她用零用钱“重金”买回来赵传所有经典CD，闪闪的宝丽金防伪贴纸让人觉得刺眼。

B先生喜欢深蓝色，A小姐就忘记了自己应该喜欢什么颜色。

她可以不吃学校的午饭，可以不去校外开餐，每一个大小节日，她都在发快递给他。

也不知道他是否收得到，也不知道他喜欢不喜欢。她想做一个贴心的小棉袄。

她也懂得不应该攥得太紧，所以主动联系的日子屈指可数。她很想让B先生读读她的日记，已是厚厚的三大本。

圣诞节的前夕，她翘课去买了全城最贵的羊绒毛线，体育课装肚子疼，晚上开着小灯不睡觉，一针一线地，把爱织起来。A小姐觉得，**如果爱一个人，就一定要投入百分之百、千分之千，青春有的是力气，不然来一趟干吗?**

不然来一趟干吗？

圣诞夜起了大风，A 小姐收到了一个属于她的包裹。幸福就这样突然地来临，她觉得自己就要窒息了。北风呼呼地刮，她从管理处迎着风往回家走，可一点儿都不冷，真的不冷。快递单上娟秀的字体，使 A 小姐倍感幸福——还是第一次看到他的字。

从一开始我就知道你们的林林总总，
我想你大概不是很了解他。
他是那种比风筝还飞得高的男人，你这个年纪一定不懂。
你送的所有的礼物，都是我先看到，你的信也是我读给他听。

围巾很暖和，你自己用吧。
以后交男朋友之前，先问问人家的状态，小姑娘。

文明的人骂人，真的是比动手打人大嘴巴还疼的。A 小姐拿着信，还有自己织的围巾，坐在楼门口的楼梯上。心里是什么感觉呢？已经疼得说不出来的感觉。有流眼泪吗？应该有的，整个脸是冰凉冰凉的。呼呼的风吹着，脸刺痛。

她一直坐着，突然下雪了。楼下的保安忍不住走过来问她是不是没带家里的钥匙，看到她满脸的泪连话都不敢说了。第一次爱，总会是百分之百的。

只是她不知道，她真的不知道。

高烧了好几晚，她终于明白好多瞬间的因果：B 先生在商场牵着她的手突然间放开，说遇到了同事这样影响不好；B 先生只有在出差的时候才会疯狂地联系她，A 小姐以为他只是不考虑时差；有时候他说："哥带你玩儿去。"然后会突然地放鸽子，没有任何理由；B 先生说，他们年纪差得太多，她不懂。

她还真的是不懂。从头到尾他们只发生了一次，仅此一次。A 小姐疼疯了似的咬破了嘴唇，脑子里默念着"我爱他我爱他我爱他"。事后他狠狠地抽了几口烟，抱了抱她说："Sorry，我不知道。"B 先生家里的床单是深灰色的，好像大灰狼那种灰。新鲜的血迹沾在上面也没有那么刺眼，放久了估计就和大姨妈一样。

疼痛感是自己的，对方心里的一切独白，是全然不知的。

烦恼和快乐大多是假借他人之手，
却又自产自销。

——耀一

A 小姐后来告诉闺密，如果爱流氓的话，一次就够了。

手机换了一款又一款，B 先生的车也越换越大。他就是喜欢那种狂野的驾驭感和随性的状态。说走就走的旅程是小菜一碟儿，说走就走的姑娘也不在话下，爱是一件很累的事儿。

天气预报之后，手机又收到一条信息："最近好吗？哥哥带你玩儿去吧？"

这些年她一直没有换电话号码，但学会了使用静音功能。

s e q u e n c e

是不是真爱就注定了分离

B 先生完整地和我叙述了他们的故事，并坚持也许这一切并没有结束的说法。整个晚上我满脑子都是片段和片段再倒带，那么就倒叙来诉说一段真爱吧。

历历在目
每天说不完的话
某城 48 小时未眠的聊天
离开她，大雨瓢泼失声痛哭的晨
就连我们第一次做爱
都充满了仪式感
不过是因为太在乎

——B 先生

如果让一个外人来评价他们的故事，我只能说，**男欢女爱最美好的部分，就是初始的暧昧、悸动，之后欲罢不能地想念、欲火焚烧的激情和牵肠挂肚撕心裂肺的分离。**至于后面有没有结果或者是否需要一个定义性的结果，根本不重要。

重要的是来过，不能抹去。我们除了每一分每一秒都在失去时间，同样在失去着很多东西，有些人狠狠地不愿意放手，有些人捂住自己的伤口仓皇而逃。

A 小姐是一个不太漂亮的姑娘，如果在东郊火车站这一类人群拥挤的地方，她属于那种需要很费劲才能找到的人。有时候她会纳闷自己什么地方吸引他，为什么他会在熙攘的人群中一下把她翻腾出来，然后像泥石流一般倾泻爱给她。

B 先生与 A 小姐，是通过朋友认识的网友。那段时间 B 先生和女朋友刚分手，还没有完全修复好受挫的心灵，闲得无聊，经常会找个姑娘逗逗闷，大半天一下就过了。20 多岁的 A 小姐，正值感情空档期，其实也不是什么空档，就是一个不太知道自己想要什么的阶段。她貌似什么都想要，又什么都抓不到。

B 先生后来一直叫她“小家伙儿”，或者“小公主”，其实他并没有比她大多少，只是觉得她那么小的躯壳里面散发着一种无限的活力，他无法自拔地被这个旋涡所吸引。她身上有着形形色色奇怪的小毛病，因为父母的溺爱，这么大了她依然像一个孩童般存在于当下的社会里，不可思议。他们在一起的那段日子，B 先生各种不计后果地想和她一起，只是在一起，就好。

网聊了没有多少日子，他们决定相约见面，在人群拥挤的城市。A 小姐一路在想，大家是否能认出彼此，见面说话会不会尴尬。看过很多网友见面搞笑的电影，好多临阵脱逃，好多后悔莫及。陌生的灵魂，哪儿那么容易在一起就会有火花。

B 先生面不改色心不跳地在人群中一眼揪出她。他们紧张地寒暄了片刻，一起进了出租车。这个城市的交通很拥堵，司机开车很疯狂。后来B先生说，他从小就很喜欢长发大卷儿的女孩子，软软的温柔。A小姐紧张地坐在车里，头发上散发着一种淡淡的香味，没有半点儿浓郁，但无法解释地钻人心尖儿。后来B先生也曾深深地想念过这个味道，抹不去的味道。司机猛地一个急刹车，她不小心撞上他的肩膀，瞬间他感觉时间静止了，仿佛听到自己的心和她的心摩擦在一起吱吱作响。

感情是个很奇怪的东西，它可以悄然火速地滋生，也可以戛然而止。

他们像极了久别重逢的老朋友，从见面那一刻就有说不完的话。有些爱情始于羞涩，有些则奔放掠过，他们却不温不火地掀开彼此没有遇见之前的所有。B先生毫不掩饰地向A小姐袒露了他多年的情史，和之前女友的林林总总。A小姐觉得他的世界，光鲜又多彩，充满了吸引力；对于B先生来说，又何尝不是一样。20多岁的A小姐稚嫩没有方向，充满了对未来生活的向往和对事物的求知欲。他们决定去KTV，这是年轻人打发时间的一种惯用方式。第一次听到他的声音，B先生给人感觉就是个中高手，当下姑娘喜欢的歌几乎全会，粗粗的男低音，宽厚的肩膀微微随着音符颤动着。他唱了首信乐团的《挑衅》，旋律悲伤直刺人心，A小姐的灵魂瞬间被拿下了。

所谓捕捉灵魂，就是你砌起来的墙，突然被对方弄坍塌，你却毫无恐惧还满心欢喜。

因为音响背景太吵说话听不清，A小姐凑到他耳边说“出去一下”，那是他们第一次近距离接触，炙热又短暂，B先生很想抱过来吻她。那一晚他们彻夜未眠，他们天南海北地聊天，又换地方喝酒，没有醉也没有睡。聊着聊着就天亮了，这一晚什么都没有发生，可却像什么都发生了。有人曾说，其实在你爱上一个人的时候，已经在自己的想象中和他度过了一生一世。

他们不愿意浪费分秒时间，像饥渴的婴儿般吮吸着彼此过去的历史和未来的可能。拖着疲惫的身体回到了属于彼此的城市，他们并没有马上联系。过去 48 小时发生的一切犹如梦境般，叫人不太敢确认它的发生，可又忍不住回忆每一个细节。B 先生没有习惯性地领她去酒店的房间，A 小姐也没有任何表示，离别时候他们有过一个久违且温暖的拥抱。第一次在 B 先生的恋爱里，女孩是有趣且神圣的，后来他提到她时会一直不停地强调 A 小姐躯壳里这个有趣不可侵犯的灵魂，他愿意像没了魂儿一样，随着她而漂流。

第一次牵手，在一个冷冷的夜晚。B 先生终于忍不住拉着她冰冷的手放进自己大衣兜里，想就这样呵护着一直不放开。哪怕如何亲吻她，都是想了好久才发生的。第一次，他变得谨慎小心，因为，是她。这个故事像所有都市爱情故事那般随意而自然地开始，如初恋般，羞涩神圣地发生。

第一次做爱他们居然是相约的，他说："我不能接受带你去酒店开房，你不属于那里，小家伙儿，我带你回家。"她说："好。"

I'M HYPNOTIZED.
I LIFT AND I'M MESMERIZED.
IT WAS DARK.
NOW IT'S SUNRISE.

——*Hypnotized*

托尔斯泰说：“幸福的家庭都是相似的，每个不幸的家庭有各自的不幸。”每个爱情的开始都是相似的，男女之间相互吸引，直到烟花四射，可结果，却极其迥异。

有时候第三者的介入并不是因为两个人的世界出现了裂缝，也许是从一开始彼此就没说清起止的方向。A小姐渴望一个拿她当孩子去呵护的男人，可这个男人，却恰巧也是孩子，他同样期盼着被宠爱被呵护。他们其实可以一起长大、一起跌倒、一起变老，A小姐却没有选择等待。

就像西藏的转经筒一样。
转经筒旋转时，位于外侧的价值和感情就会忽上忽下，
忽而闪光，忽而暗淡。
但真正的爱情始终固定在机轴上，永远不会变化。

——《1Q84》

《停格》这首歌不停循环，他说：“如果你能一辈子都记得我，我让你走。”

后来他们都哭了。

“深爱是残忍的，它不喜新厌旧。”

onz

相逢何必曾相识

大家都有过青春懵懂期，也都在初出茅庐的年纪感受过“情深深雨蒙蒙”的爱情，那时觉得这些都是爱，也觉得都能看到彼此未来的尽头。可因为对方剪了个头发就不再爱了，抑或因为被老师家长发现而打退堂鼓，那些不了了之，都成为真的不了了之。

大多数情况下，我们离开曾经居住的住所或者学习的地方，许久都不会再回去。明明就住在同城市的另外一个角落，却会一隔几十年。很偶然的，我们还会遇到曾经的那份过往，一定会嗤之以鼻地否定自己的青春：我当年怎么能看上了他呢？！

A 小姐从小就不是娇滴滴寻求男人保护的女孩儿，她不羁，她浪荡，她混不吝，她天不怕地不怕。这世界上她唯一害怕的人就是她爹，每每老爹的电话响起，她老忍不住打个激灵。她爱过很多人，也忘记过很多人。有时候听到一些形容男人提起裤子不认人的话，她甚至觉得也是在说自己。情感这东西，她每次都是百分之百地投入的，可也会因为太过投入而迅速抽离。

A 小姐和曾经的前任有的已忽略过往成了哥们儿，有的因为相爱相杀老死不相往来，她有点像《与青春有关的日子》里面的李白玲：老娘不高兴了，爱谁谁，谁都不重要。如果不是再遇到B先生，她根本不会知道自己未来的爱是什么样子。现在的她依然不确定自己未来的方向，但至少发生的这一切让她泪眼蒙眬地感触：

重逢后的我们，活成了彼此期待的样子。

愿你走过半生，
归来仍是少年。

B先生再次出现，果然还是少年般的模样。他们很小就认识，一起读书，在浅尝辄止的年纪拉手恋爱，体会青春原本的样子，然后没摘到禁果就不了了之。世界上的男人好像杂货店里的锅碗瓢盆一样，各型各色，A小姐一直无法定义自己的类别，所以一直以“好看的”来形容，直到这次的重逢，她才意识到，自己也是有type的：不要高得一鸣惊人，也不要瘦得哆哆嗦嗦，不要太多话，也不要太沉默是金，合适的身材略微有肉，重要的是每一个微笑都能暖到人心田。

B先生是典型的理工男，话不多，稍微一紧张额头就会冒汗，遇到不会的问题直接掉头走人。年幼时和A小姐的那段他一直记得，甚至还留有20年前同学写给他们共同的信。命运真是捉弄人，本想这一辈子就这样了，可怎料她就是这么硬邦邦地出现在了自己的面前，连个躲避的机会都没有。情感笨拙的他并不太知道怎么去面对这突如其来的一切，尤其是她那么真切。

半路相逢的人，需要多久，才能建立起一种不离不弃的信任？

很多我们在成年后认识的人，走着走着就散了；要么就是无论怎么渗透地交往，都会怀有问号。可是，孩童时期认识的人，总有种隐形的信任基底：我知道他小时候的样子啊！

虽然一开始，他们也是满心怀疑的；虽然到现在，他们也不懂得如何能牢靠。可雷打不动的坚守，每次拥抱时候的暖流和见不到面的悸动，从来没削减过半分半毫。

B 先生是一个朝九晚五的技术男，事业小有成就，对人和蔼可亲，凡事为他人着想，克己到极致，也爱钻牛角尖。他从一开始就有个不切实际的疑点：这到底是不是真的？她到底能坚持多久？很多个不眠的夜晚，他闭上眼睛不停地想念着 A 小姐柔弱的声音，水灵的大眼睛，纤秀的身体和她逾越过一切对他的理解及疼爱。她总是说 B 先生是个暖男，他更想说的是，被暖到的，明明是自己。从未对一个女人如此牵挂和信任，从未这般贪恋一个异性的身体，从未这样奋不顾身、毫无理智地勇往直前。

他打破了自己曾经设立的所有条条框框，他总说："你开心就好。"

要知道作为成年人，进入社会了，让一个人开心，所付出的，远远比年轻时候要多得多。我们所背负的压力不再是期中考试和早恋被抓，更多的是这个犹如沼泽般的社会。B先生从未告诉过她，很多时候，在社会行走的感觉像一脚深一脚浅地在前行，貌似一只脚还没有出来，另外一只已经陷入。B 先生也没有告诉她，想呵护她，是他能会的表达爱的最好方式，虽然很多时候他并未觉得自己够资格。

所以他叫她"宝宝"。这大概是情侣之间最低级别的称谓，但他就是想她能像小时候那般模样，永远不要长大，一直被呵护。

所有的感情，都会经历疑惑的阶段，不是那种疑似第三者，而是怀疑未来的去向。A 小姐有次突然觉得这段感情之缥缈让自己失去了空间和潇洒的模样，没有主动去联系 B 先生。没想到的是，他居然也没有主动联系。很多时候我们都彻夜不眠，可 A 小姐，经历了人生中最刻骨的一次彻夜未眠：她想象中的“被分手”，卡住喉咙的窒息感，心尖的绞痛和整个神经腺的颤抖，直到早上收到了他的“早安”，才意识到这些假想没有真的发生。

原来已经爱得深到不能想象失去的感觉。

不敢想象一个人走出你生命的时候，生命还是不是“你的”生命了。

某天傍晚的北京城，他们开车分别驶向不同的方向。好像小时候分开那样，一前一后。红灯的等待，她摇下车窗，他也摇下车窗。他暖暖地笑着，像以往那样；她心里暖暖的，就好像这傍晚的夕阳。

他们赴汤蹈火。

走过半生，
彼此最骄傲的事情，
竟然是这场遇见。

sequence

有多少爱可以重来

有人说，惦记着的吃不到的，总是最好的。

也有人说，总要浅尝辄止地得到再失去，才是永恒。

还有人说，每个人心里都留有个位置，给不能在一起的他。

这不是一个红玫瑰和白玫瑰的故事，自始至终，只有她和他。

还有没有人记得经历过非人类一般磨炼的高考后，进大学时的心情。男生都是张望着、抖着腿的——老子可算走进大学校门了；女生都是高傲悠扬的——姐姐我可是考进来的！时隔多年，B 先生总能记得 A 小姐当年那般模样，矮矮的个子、突出的锁骨，那股子高冷不理人的劲儿，他一辈子都忘不了。A 小姐像是那种不食人间烟火的妞儿，当女生宿舍里姑娘们都在研究着口红的色号和裙子的长短代表的寓意时，她貌似更喜欢数独和围棋游戏。A 小姐可以和男生们痛快地喝大酒，但又不乐意玩儿暧昧。B 先生和她没有什么直接的交流，但他们绝不是过客。

很快 A 小姐出国深造，那个年代很多爱情都是因为要分开两地而未果，可这才是他们的开始。

在微信没有出生的年代，最便利的联系方式就是QQ。一人只身在外的A小姐，偶尔会和这个当年并不太熟悉的B先生跨洋过海地聊聊天儿吐吐槽：什么国外东西不好吃，什么天气很垃圾，说自己已经列了一个很长的单子——回国应该吃什么玩儿什么。A小姐是那种话匣子一打开就能go on and on的人，俗称话痨。也不知道怎么了，和B先生总是有说不完的话，有时候她突然忘记时差这玩意儿，不知不觉就聊到了国内的凌晨。B先生从来没有主动说过再见，总是她连连道歉自己的疏忽，B先生才舍不得地顺水推舟暂时告别。

多少个夜的陪伴，那QQ头像熟悉的召唤和彻夜的不眠。年轻真是美好，陪伴这个东西，只要想，我们烧得起。

之后A小姐每次放假回国，B先生都早早地期待准备，没有一次怠慢地陪吃陪玩儿陪各种。当同龄的女孩子盼星星盼月亮盼着一个宠爱自己的男人，A小姐身边的这个男人早已宠她宠到极致。A小姐那段时间觉得自己是幸福的，是趾高气扬的，有这样一个“男性朋友”随叫随到，说东不会往西。哪怕是灵机一动突然的念头，靠几个短信B先生都能立马陪着她实现。总是一句斩钉截铁的：“好，你等我。”那时候她还真的等着，他从未食言。

人一辈子，能遇到几个不顾一切地陪着你疯，替你实现你不切实际想法的人？

B先生毫无疏漏地做到了。A小姐每次满心欢喜地回国，期待他们之间能有个不一样的进展，也每次不出意外地带着遗憾离开。人家说女追男隔层纱，A小姐总是自嘲地告诉自己：我隔了好几个撒哈拉。如果说自己是任性的，那么面对如此任性的自己，B先生做到了不离不弃；如果说对方是任性的，那么如此遥远的距离和苦苦的期盼，A 小姐从未停止过想念。

像多年前徐怀钰唱的那首《水晶》一样，有些感情过于晶莹剔透，以至于大家都恐惧去触碰。生怕做错了什么会玷污它，又生怕开始无力去呵护。

等待是漫长的，尤其是隔着大洋彼岸的等待；等待是漫长的，尤其是期盼能有一个结果的等待。这辈子能让 A 小姐失眠去等待的，大概也只有他了。终于 A 小姐决定放弃痛苦的猜测和无法把握的距离。他们分别交了男女朋友，他们相约做一辈子的好朋友。

故事并没有就这样完了。

回国之后他们依然是无话不说的好朋友，对于 A 小姐奇奇怪怪的饮食要求和随着她空闲聚会的时间表，B 先生依然从来未说过半个“不”字。能见到她的机会，他又怎么会不珍惜？有次和朋友们相约了郊游，那时候流行松糕般的厚底鞋，A 小姐不识时务地穿着去了，没走几步就瘸瘸拐拐。同学们陆陆续续地聊着大天儿散开队伍，唯有 B 先生，拉着她的手一路从山底拉到了山上，一分钟也没有放开。A 小姐第一次知道被呵护是这样的，她手心不禁在出汗，心脏不停地在颤抖。她甚至幻想，如果这时候 B 先生抱住了她，哪怕是私奔，哪怕是不要一切，她都愿意。

可 B 先生没有，他能做的，就是让 A 小姐安安全全地下山。

后来她参加了他的婚礼，认识了他的朋友们。才发现所有人都知道她，所有人都瞪大了眼珠说：“哦，原来是她！”甚至是他的妻。他的妻客气地投递过来羡慕不已的眼神，A 小姐不知道自己错过了什么，还是做错了什么。为什么期盼了那么久的故事，从来就不能有开始。

多年之后他们再次联系，她忍不住问B先生："为什么？"

为什么？

因为太在乎？因为怕失去？B先生说因为怕捅破了一切，连见面的机会都没有。在臆想中早已和她永远地厮守，一生一世不分离。这也许并不是一场错过，又有谁不懂，真爱是插在心头肉上的嫩芽，却永远不会发芽。

他们彼此都问过自己，如果重来一次，会怎样？

可故事可以倒叙，时光不会倒流；账本可以重改，历史不能重写。我们都无法去改变因为胆怯和怀疑而错过的一切，但是我们知道：

来过。

sequence

烈焰繁花

生活中有好多事情发生得过于平淡，比如回忆上周二午餐你吃了什么，大多数人会不记得。平淡的过往会随着流逝的岁月被忘记，平凡的人也是一样。

有些人出现在你的生命里，你会希望她 / 他不曾来过，因为他们狠狠地出现，留下的印迹过深；还有些人的出现，你会奢望她 / 他能再来一次，哪怕是遍体鳞伤，哪怕是永远未果。

这就是他们和普通人的区别。

A 小姐从来就没觉得自己是个情感专一的人，最后能安家乐业做个好太太。她很容易被各型各类的事物所吸引，但凡是新鲜的，她都愿意去追逐。她喜欢过萌萌的小学弟，忽闪忽闪的大眼男；也爱上过自己的上司，油嘴滑舌的理工男；更在空档期和哥们儿的室友滚过床单，她称之为不小心。总之，她不认为感情是需要有归属的，归属即是衰老，玩儿不动了。她还年轻，世界那么大，她还没看够。

爱到底是什么呢？爱就是看着高兴啊，A 小姐觉得。

换了份新工作，新官上任三把火，A 小姐就是不小心被卷入炉火纯青的炼丹炉的一分子。开始了连轴转地加班，A 小姐每天都和一帮大老爷们儿一起吃盒饭，在楼道躲避着防火系统蹲着抽烟，她感觉再这样下去，自己都要变成男的了，哪儿还有空谈恋爱。

有天加班，半夜的楼道里，有个男的过来找 A 小姐借火儿。A 小姐猛吸了两口手指间的半根烟，顺手掐在了台阶上。她抬起头，眼前的这个男人看不出年纪，高大威猛，有种难以解释的任性气场。和其他同事不一样，B 先生除了接打火机那瞬间的“谢谢”二字，没有半点儿要寒暄的意思。

后来开会她才知道，他们不在一个部门，他是公司的老大之一。过了试用期之后，A 小姐经常和老板秘书一起喝下午茶，顺便，也就听说了这个传奇人物的故事。他是当年某某的孙子，很小就出了国，个性张扬，极度聪明，30 多岁已是二婚，媳妇儿是某某电视台的一线主持人，小他 10 岁，是美丽得很张扬、嫩得能掐出水的年纪。A 小姐听八卦听得津津有味。

他们经常会有些必要的、不必要的交集。曾经几次出差去到同一个城市，慢慢地开始聊天说话。有天，B 先生开完了会拔了电脑电源突然扭头对她说：“走，我们去看电影。”A 小姐突然慌了，内心明明循环着：“看电影，你经过我同意了吗？”可 B 先生牵起她的手，就走。

就在那一刻，她的心也被牵走了。那是一场不切实际的爱情电影，好像《大话西游》里那样，我们最终不能拥有深爱的人。还是按照老规矩，他们去楼道抽烟，A 小姐突然抬起头问他：“你为什么要叫我来看电影？”B 先生连烟都没有掐掉，低头吻住了她，也堵住了她满心的疑问。有烟味的双唇靠在一起，淡淡的烟草味缠绕着炙热的双唇，A 小姐手中抽到一半的烟，也掉了。

他没说过喜欢她，至少那时候没有。

他会突然地出现在她面前说，走，我们去哪里哪里。
再或者突然地抱住她说，我想要你。

A 小姐觉得自己谈过很多恋爱，爱过很多人，但她没有这样爱过。整个事件里，她连问题都来不及问。哪怕他终于睡在自己身边的晚上，她只会分秒必争地抚摩着他，看着他。有时看着他呻吟的表情，她也会奢望他说一句“好爱你”。A 小姐不觉得自己是妥协的，可极强的服从感，有种像旋涡一般的力量，卷着她走，一步一步地。

终于到了新年夜的年会，公司的小伙子们都过来和 A 小姐逗贫，大家喝多了，都东倒西歪地要和她跳舞。B 先生突然走过来，推开所有人，拿起了主持人的话筒，说：“给我点一首《广岛之恋》，我要和她唱。”

面对着大家惊异的目光，A 小姐醉意朦胧、嗓子沙哑地完成了这首歌从低谷到高潮，她醉了，她想靠在 B 先生的肩膀，静静地靠着。但她坐下来继续喝酒，远远地望着 B 先生，同时问自己：“到底喜欢他什么？他就是吃定了自己的爱，所以才这么嚣张。”B 先生接了一个电话，披上了大衣转身离开。

然后整晚直至散场，都没回来。

他的助理帮 A 小姐叫了车，反复叮嘱，注意安全。助理叫她“小嫂子”，真是个圆滑懂事儿的好助理。

回到酒店，她一直在窗台坐到天亮，感觉短短的半个夜，好像过了一生一世。有些东西虚无缥缈，可她非要抓；抓还抓不到，想抓还不说自己想抓，也是够纠结。

《广岛之恋》那首歌她循环到凌晨6点，她以为会有迟到的新年快乐，即便错过了倒数。

“鸟的迁徙，是对回归的一种承诺。”他老这么说，她根本就听不懂。

A小姐递交了辞呈，订了出行的机票，换了电话号码，退了房子。临走之前她发了个信息给B先生：“谢谢你。”

所有女人说的“我没事”，都是放狗屁。只不过不想让对方看到自己为爱仓皇失控的样子。

嗯，好像烈焰繁花。

sequence

此生挚爱

大多数的人，都是经历了若干次恋爱，然后总结：某某某是曾经的真爱。总是要经历了，才知道自己要什么；也是要用过了，才知道好不好。

也有的人，就像A小姐一样，人生大部分时间都消耗在幻想和勾勒蓝图里面。她准确地给自己勾画出一个“此生挚爱”的模样，她从未拒绝过恋爱。只是在恋爱的过程中，她大多都是被动的，像《动物世界》里面那被求偶的母狮子一样，每每来了，都是被选择。A小姐有个女朋友曾经说，自己高中的时候幻想未来的男人有花白的头发。周遭的女孩们都笑了。A小姐觉得自己特别能理解她那个心情，你越是仔细勾勒越会发现，想象中的“此生挚爱”真的是可以具象的。

A小姐想象中的他，如兄长那般，如父亲那般，他们彼此有自己的世界、空间和爱好，但生活中也有交集。她对他应该是充满崇拜的，像小孩儿看见了很拉风的叔叔，忽闪着眼睛，满脸哈喇子地贪恋。他对她应该是宠爱的，每每见到她都会有想一把拥进怀里的怜爱。他有很宽厚的肩膀，她喜欢静静地靠在他肩上。

A 小姐的历届男友都很高大威猛，大眼睛双眼皮，对她都是宠爱有加。分手的原因各种各样，总归大都是对方觉得 A 小姐过于独立、偏爱疏离。

A 小姐和闺密说，疏离感这东西，我解释不了。

他出现的那天，下着雨夹雪。A 小姐后来拼命回忆自己那天的穿着打扮，有没有梳头化妆？指甲有没有被抠得不成样子？衣服上有没有早晨匆忙出门前的饭渍或牙膏印？——居然完全回忆不起来。

相遇是简单的，如果他注定要出现。

一向马大哈的她，没有看到宴会厅门口的台阶，穿着高跟鞋迈着小步子差点儿就当众劈叉。那一瞬间，有人狠狠地将她一把揪起，像《猫和老鼠》动画片里那个小老鼠一样被人拎着后脖领子揪起。她尴尬地回头，B 先生，他的表情是生冷没有反应。

她说："谢谢。"
他说："没事。"

B 先生一整晚都没说几句话，他们相隔着桌子气场满溢。过于公众的场合让他们根本没机会交流，她时不时偷瞄坐在对面的他。严肃、老实，充满了男人味儿。A 小姐把手机偷偷放在了宴会桌子下，给闺密开始发信息：

—"我遇到了。"
—"狗屎吗？"
—"别闹，我的真爱。"
—"你也别闹，多大了。"

—“真的，我回去和你说。”

这真的无关年龄，也无关经历。她不想让任何人看出自己的内心悸动，包括他。会议结束，翌日B先生匆匆地离开，连说句“再见”都没来得及。只是留了个联系方式，没有开始的故事当然不会就此完结。

之后见面的机会依然“官方”，他们的寒暄也是零零星星。A小姐的闺密认定了A小姐是在意淫。A小姐执意说：“不能，这是真爱。”她这个人最大的优点就是开朗乐观，拄着双拐上班还能一路有说有笑，生活中再大的事儿，她也都能过去。

有人说无知者无畏，有时候也许越不懂得，越容易快乐。

后来他们开始在网上聊天，从天南海北的旅游，到自己的过去。说到曾经，B先生特意告诉她，自己曾经狠狠地爱过，又恨恨地离开。有时候人越是刻意掩藏，越是证明其危险，你看，揣着炸弹的人绝对不会广而告之“我有个炸弹”。

有天，他们谈到了性，B先生说，年轻时候太浪荡，现在觉得没意思。A小姐能理解他的意思，要么是和曾经的真爱用量太大，要么就是远离真爱后浪荡无限。但她觉得成熟懂事的男人，就应该是闯荡江湖许多年的。最近有人告诉她因为经济“黑天鹅”，黄金价格会持续上涨。那老话怎么说的，“浪子回头金不换”。

A小姐说：“年轻时候爱的是肉欲，年长之后才学会做爱。因为经历，所以懂得。”

B先生说：“认识你真好。”

面对真爱大家都迫不及待地想展现自己最好的一面，也没问过人家想不想要。

迫不及待。

面对情感大家也都是想竭力控制，把对自己的伤害降到最低。

竭力控制。

好多时候她看到一个遍体鳞伤的B先生，像个小男孩儿一样躲在墙角装坚强。她只是想要爱他，至于他怎么样，真的不重要。她开玩笑说，电冰箱都有坏的时候，关键在于修理好。她愿意去亲吻他每一个伤口，舔舐他所有的疤痕。

她说:“取悦一个男人的身体很容易，走进他的心很难。”

他说:“是。”

她说:“我觉得你有天也许会爱上我。”

他说:“我喜欢你。”

她说:“我并没有想改变什么，我不黏人。再多的想念我都能忍。”

他说:“好。”

有时候爱情只是一个人的事，哪儿来的那么多“我们”。我们可以自行脑补一切没有发生的未来，也能屏蔽掉一切不想了解的过去。A小姐和闺密说：“你能理解吗？我遇到一个我幻想中的人，这感觉既不真实，又极其美好。”

她其实也没有说过爱他，爱是个很有分量的词，这句话应该留在他们挥汗如雨的初夜。她不会告诉他，哪怕是幻想一下与他的相聚再分离，她都会哭得像傻子一样。脆弱的一面我们不愿让爱人见到，因为太害怕他仓皇而逃。有时候，爱情就好像大家钟爱的那些极限运动一样，风险和风景齐头并进，万一这是一场蹦极，天崩地裂断了线，她认了。

他说：我也认了。

我们是对方　特别的人
奋不顾身　难舍难分
不是一般人的认真

懂一个人也许要忍耐
要经过了意外
才了解所谓的爱

今后的岁月
让我们一起了解
多少天长地久
有几回细水长流

——方大同《特别的人》

很想送方大同的那首《特别的人》给恋爱中的他们，祝健康幸福。

可惜不是你

有些人天生就会有规律有计划地安排自己的一切：毕业后找什么类别的工作，怎么晋级，什么年纪结婚生子。生活也能安排得井井有条，何时休假、何时旅游、何时采购、何时聚餐。

还有的人，一辈子都是随性的。喝大了的翌日抱着剧痛的头，回忆不起来昨夜到底做了什么；动不动就是说走就走的旅行，说爱就爱的人，说散就散的宴席。

A 小姐大部分的人生都由父母一手操办和设计，这同时也就造就了她杂乱无章的性格，没有主心骨，太过随意。她是理工科的低才生，勉强混完了四年大本。不小心误入了金融行业，可能因为性格太过大大咧咧，反而成为钩心斗角事件中的幸存者。周一至周五做道貌岸然的低调的金融圈操盘手，周六踉踉跄跄在酒吧街中醉生梦死。

随着年纪、压力的增长，A 小姐也开始面临被催婚。她几度差一点儿没熬过春节这个坎儿，想当着七大姑八大姨嘶吼摊牌："你们以为幸福的某某某，其实老公劈腿多年；你们夸赞的那对儿模范夫妻，彼此外面都有情人；早年间结婚的谁谁谁，早就销声匿迹地离了，现在自在逍遥。”

但她忍住了，这毕竟是一年一度的传统节日。她这样做不仅让母亲打脸，更摧毁了三姑六婆的世界。

在一个正常的世界里，你就应该毕业后工作，边工作边恋爱，随之结婚生子。所有没踏入这个轨迹的，一律定义为社会奇葩。A小姐是不敢说，她高二时候就爱上了隔壁大学的男孩儿，那时候叫作早恋；踏入社会了就没正经谈过恋爱，近三年有阶段性的性伙伴；她不太敢去承诺什么，也不想为任何人改变自己的状态，她觉得，这是一件分量太大的事情。

就像《大话西游》里说的，有些故事，你猜中了开头但猜不到结局。

A小姐在朋友生日会上遇到B先生，客套寒暄几句知道对方原来是自己的同行；再借着酒劲儿喷下去，发现他也是一个平常上班，周末到处high的种子。B先生不高，皮肤在暗暗的灯光下透着黝黑的健康。以A小姐的目测，这肯定还是一个爱运动的情种。他们很开心地聊了自己去过的地方和彼此相似的经历。他们都觉得自己所处的行业很傻很市侩很没意思，他们都酷爱旅游，他们都有过若干情感经历，他们都对未来没有方向却不彷徨，他们都到了适婚的年龄。

之后，他们又吃过很多次饭，聊过很多的天儿，喝过很多次酒，睡过很多次觉。A小姐感到特别舒服的是，她居然不用去定义这种关系到底是什么。他们俩有种天然的默契：不多问，不多找。第一次她觉得可以对一个人彻底敞开，正是因为对方的漫不经心。

有天她躺在B先生的怀里玩儿手机，翻看到了一张前男友的照片，顺道就给他看了。B先生靠着枕头，吐着嘴里的烟雾说，“看着不错，床上应该也不错吧？”不知道他是故作大方呢，还是真的没走心？A小姐反而有点儿小失望。面对着这个和自己极其类似的男人，她不敢审视自己内心的翻江倒海。

有天B先生在外喝酒，发了微信给A小姐。下班之后她就去赴了局。原来还有不少人，都是同行，没聊两句就能自然熟。何况大家都会吐槽自己的老板，狠啧较着劲的同事，还有八卦地下恋情。局差不多散了，按平时的路子下半场应该是B先生家或者她家。可B先生说：“走，咱俩再喝点儿。”

他很少会这么热情地要酒喝，估计心里一定有事儿。他们找了个安静的PUB坐下，B先生习惯性地叫了她喜欢的BLOODY MARY。知道和喜欢上BLOODY MARY，还是当年隔壁大学的那个男孩儿教的。有些人虽然会走出你的生命，但也会留下他们存在的痕迹。

B先生喝酒喝得很急，突然开始诉说自己。听的人想睡，说的人想醉。

他一直爱着一个有夫之妇，已是第三个年头。真爱马上就要举家迁往美国，也许能再见，也许不能。在他眼里，她就是一个单纯可爱的邻家女孩儿，没有半点儿瑕疵。因为怕失去，因为怕给她压力，B先生选择了就这么等下去。他也不确定对方是真的爱他，还是因为需要而需要他。多少个日夜，他吻了又吻她的额头，多么想能拥有她。

这都不重要了，他一直不停地重复。

这都不重要了，她也跟着重复。

这是个有趣的邂逅，A小姐遇到最舒适的一种关系，原来对方心里装着一个人。不知道你有没有爱上过不属于你的人，那感觉真的生不如死。听着他痛苦的诉说，看着他喝大的样子，A小姐满脑子都是他们过往缠绵的样子，笑得很甜，身体颤抖得很厉害。别以为有了高潮就能触及灵魂，那只是你片面的认为罢了。

他心里有一个神圣不可侵的她。

有些人吻过你、睡过你却不曾爱过你。

爱情并不是两个人的事，故事却需要两个人来完成。有些人天生善于规划未来，有些人深陷泥潭自己却浑然不知。直到感觉疼了，才发现自己走远了。A小姐对自己说，其实B先生也曾经温柔地吻过她的额头。

A小姐趁着酒醉告诉B先生，家里有人等她，那么再联系。B先生说，OK，祝你快乐。

总要给自己留点颜面地离开，虽然是捂住伤口仓皇而逃。

sequence

你在吗？我在

春天到了，大家赏花的赏花，拍月亮的拍月亮，谈恋爱的谈恋爱。我们说，花田喜事；我们说，祝有情人终成眷属。

这都是人类片面的想法，高级动物总爱把自己的想法强加在别人身上。

A 小姐是一个必须隆重出场介绍的姑娘，因为她很特别。有些女孩子拥有惊艳的外表让人念念不忘，妖娆的身材让人流连忘返。还有的姑娘，你说她很美，算不上，但味道十足，更入人心。

A 小姐上辈子一定是积了很多德，她不但有漂亮的脸蛋儿、远远望去就会被其吸引的气场，连灵魂都是有趣的。她生性浮夸不稳定，满满的桃花运。就像欧洲四季宜人的天气那般，有些人天生是受上帝宠爱的，而且还宠爱有加。A 小姐身边总是围着帅气又多金的男生。常年无空窗。

从大学时候开始，A 小姐周末闲来无聊学会了打网游，那是一个虚拟得很真实的世界，你完全不用想第二天的考试、男朋友说了晚安以后是否又聊上其他的姑娘。在网游的世界里，她认识了个队友，叫B先生。

一起在虚拟的世界作战了许久之后聊起天来，才知道彼此是校友。后来他们偶尔会见见面，夏天的时候，学校后门不远处一起撸串、喝啤酒、聊攻略。他们成为很好的朋友。

B先生是个典型的家里蹲类型，不外向，大多数酒局都是被叫，他倒也不磨叽，披上衣服立马就出门。

短短的大学四年，悠扬而漫长的大学四年。爱因斯坦的相对论绝对是成立的，时间这个东西，有时候只是数字，有时候却成了一块架在心口的磨心石。毕业后他们在同一个城市工作，分别和不同的人谈恋爱。

B先生依然是A小姐喝大了以后的专职代驾，也是恒久远的被吐槽箱：

—“我跟你说，我恋爱了，对方是某某校出了名的帅哥，1米88，我们准备去看马上要上演的《碟中谍》。”

—“你说现在这男的怎么那么不靠谱啊？好多次了，出去吃饭都是我掏钱。”

—“我喜欢上了我同事，但他貌似有个女朋友。”

—“我最近又不喜欢小黑熊了，他话太密，一张嘴我就烦躁。”

—“前段时间出去旅游，遇到了真爱。”

—“我觉得我和他真心不合适，什么什么都不合适。”

—“我好像喜欢上了咱哥们×××，你说怎么办呀？”

—“你说是不是已婚男都一个德行，在我这里风流倜傥情话绵绵，转眼回家陪老婆孩子做道貌岸然的好男人？”

—“你说，我以后会孤老一生吗？”

上帝对某些人就是会特别偏爱，让他们撒了欢地体验所有情感的味道。

B 先生每次都是面不改色心不跳地听她喷完来龙去脉，然后丢一句：“以后的事儿，还指不定怎么着呢。”他绝对相信遇到真爱的时候，她是认真在爱的，他也相信以他的了解，A 小姐爱不爱就在一瞬间，一溜烟儿比谁跑得都快。

B 先生的女朋友是个空中飞人，一个月也见不到几面。她比 A 小姐和 B 先生都小很多，聚会很少能凑到一起。有时候 A 小姐喝大了会特别不给面子地对 B 先生说：“你平日怎么解决生理问题？哈哈哈哈！”

哈哈哈哈哈。

B 先生倒也习惯了她这种低级趣味仅限自嗨的笑话，“怼”她一句：“我求的是稳定，不像你。”

宋冬野那句怎么唱的来着，嘴上一句带过，心里却一直重复。

A 小姐问：“有烟吗？来一根儿。”B 先生瞥了她一眼说：“你不说戒了吗？干吗？复吸吗？”

她说：“不是，就是脑子疼，想冒一根儿。”

他兜里居然装了她抽习惯的“小粉”，说从女同事那里顺的。

她说：“对了，我在网上看到一篇文章，说我这种人叫单一恋爱者，喜欢的是一种别人不喜欢我的感觉，不适合喜欢任何人，也不适合被喜欢。”

B先生说：“你能再绕点儿吗？喜欢不喜欢的，有这么累吗？”

A小姐噘嘴：“你不懂，我谈恋爱谈的，都到另外一境界了。”她嘴角上扬的样子特别像个小姑娘，宛如一朵含苞欲放的小荷花，这么多年没变过。

B先生笑了笑没说话。这世界上，有同性恋、异性恋、单一恋爱者，还有一种，叫单相思者。

10年的朋友，被她吐得满身都是，陪她走过很多山水，给她做了那么多顿饭，打她回了那么多次家，听她说了那么多故事。

她却不知道他爱她。

他总是告诉自己，这样才能最长久。

谁让她是单一恋爱的人呢。

被“宠爱”是真的

好多年前有部韩国电影，叫《假如爱有天意》，著名女星孙艺珍在其中饰演一个纯情的小姑娘，这部电影也没能避免韩国纯爱电影的既定逻辑——两男爱一女，最后死一男。这部凄惨美丽的电影，却为我们展示了爱情最现实的一面：大多时候，你选择一起生活的未必是此生所爱。

缘分这个东西，是天注定的。

A 小姐打小儿就讨厌别人说什么注定不注定，她觉得都是扯淡。她是一个意念极其强悍的女孩，黝黑细滑的皮肤、浓浓的睫毛、乌黑的秀发、中等个头。她站在那里就是有种冷风嗖嗖的感觉，让人忍不住地退让三分。

以前班里的女孩子们都怕她，因为她混不吝。小时候她喜欢隔壁班的男孩子，她就直接跑到隔壁班门口，堵着人家下学。那男孩猛地一下被这姑娘吓了一激灵，觉得真有意思，像个女流氓似的。

A 小姐喜欢过的男孩子，都喜欢她。因为她真的很有意思。不是所有的男人都喜欢娇滴滴的柔弱小女子，尤其在这个“阴盛阳衰”

的年代。她不是女权主义却像极了女权主义，小时候掏鸟窝、翻墙逃课，蹲在地上拍洋画、玩儿弹球，男孩子干过的，她一件没落。

A小姐不太喜欢那种情情爱爱、卿卿我我的爱情关系，她觉得，人应该主动地去选择，而不是被选择。

那是她觉得。人在遇到可以降住你的人之前，都觉得自己天下第一。

直到遇见他。

B先生是她的客户，他出现的时候是和夫人一起的。A小姐非常专业地介绍产品，他们聆听。后来的见面，他都是一个人来，办完了事情就走，从不多停留。有次在等打印文件，提到夫人和女儿，B先生郑重地说：他和夫人是同学，夫人像老师一般给过他若干人生教诲。女儿懂事伶俐，不久之后会出国深造。

这本没有什么，也不应该有什么。

A小姐工作变动，公司短信通知所有客户关于人员的变更。

B先生发来一个信息说，不再是工作关系了，作为朋友咱们吃个饭。

她犹豫片刻，还是赴约了。他们像老朋友那般叙旧，他们天南地北地聊着一切。晚上A小姐回到家，感觉到自己翻江倒海的内心，和一种说不出的滋味。她严格地告诫自己，不要蹚这趟浑水。周围的姐们儿也有爱上已婚男的，痛苦的痛苦，麻木的麻木。爱情应该是自己选择，不是被选择。

·

B先生由于工作的原因，经常要去很远的地方。每每为了见她，海陆空折腾一溜够，只为了那几小时。每次见面的时间都不多，次次都分秒必争，四十好几的他居然为了一个小姑娘，一夜一夜地赶路，彻夜彻夜的未眠。他们即使见面好几次了也是好久都没发生关系，每次都有说不完的话，然后难分难舍。看着他，A小姐觉得自己武功全废，再也不是曾经的自己了。

人可能都有一个一键还原的点，一旦引发，不可收拾。

B先生不高，眼睛也不如A小姐前男友那么水灵，他的眼角已经有若干条鱼尾纹。他给她讲述了好多故事，在家乡时候怎样，上学时候如何，之后谈恋爱分配工作，直到现在。

他说：“其实我一直都有点儿乱，没能接受这样的你，在我生命里出现。”

他还是分秒必争地抓紧一切时间见她，看见她就觉得很踏实。

无论飞到哪里，他都会抽出时间寄明信片给她。而她已经满满地收藏了一盒子。在见不到他的日子，A小姐总会拿出来翻看，一遍一遍地泪如雨下。

B先生写道：“每个城市都有它千变万化的模样，可世界上只有一个你。”

永远都是泪如雨下。她遇到这个男人之后，把前三十年的眼泪都补回来了。

她很想说“我的世界只有一个你，可你的世界只能有时候有我”。她不曾想过去破坏什么，也没有奢望过拥有什么。她只是无法自拔地爱这个男人。她爱他博学多才，爱他充满活力，爱他做爱时的颤抖，爱他一把年纪了还像孩子那般单纯地示爱，甚至爱他对家庭尽职尽责的好丈夫模样。

她恨透了被通知的感觉，也厌恶无底线的等待。可每每见到他，甚至想到要见到B先生，那种从胸腔盎然而生的炙热和激动，无法用任何语言比拟。

之前网络上流行过一句话，“男人疼爱你，就会拿你当女儿那般宠爱”。

在他身边的时候，A小姐觉得自己一点儿不骄横跋扈了，小时候的那股混劲儿一消而散，她只想依偎在他身边，安静地听他诉说一切。她穿起了围裙，拿起了炊具，早早几个小时的准备，就为一顿饭。

他常常会抚摸她的额头，轻捋她的头发，那种被呵护感让她觉得灵魂都颤抖了。他霸道地要认识她周围所有的朋友，每天都要问寒问暖，细腻到一日三餐。有时候他也觉得需要控制自己，不能太疯。

A小姐开玩笑说，上辈子一定是我负了你，所以这辈子要无限期地等你。每次她说这个，他都会直接吻过来堵住她的嘴，他们每次都会炙热地吻着对方。

大概因为没有归属感，大概因为没有束缚感，他们每一次接吻都像最后一次。

有天夜里，A小姐辗转反侧地翻看着手机，觉得这份感情很脆弱。

如果不联系呢？不联系了是不是就没有了。

是。一个人淡出另外一个人的圈子很容易，何况没有共同的社交圈。可一个人又该怎样将另外一个人从心脏里挖出，同时不伤害到自己。

她自己一个人去了好多好多他们幻想着一起去的地方，拍了好多照片。有时候她也会和他说，爱情其实是一个人的事情，我爱你和你没有太大关系。

好多人问她：“你怎么办？”

她说：“我能怎么办？”

真的是奋不顾身，又难舍难分。

半路夫妻难到头，半路杀过来的疼爱更火速地撤离。

世上的先来后到是她无法改变的，万事都有自己的准则和轮回。

离开你，然后活成你期待的样子

这不是一个一对一的年代。

这也不是一个长情的年代。

不要老想着去禁锢什么，抓得越紧，碎得越快。

所以人们选择不去稳定，选择自己去处理过山车一样的生活和心情里的悲欢离合。好多人都说，破镜可以重圆。这真心扯淡，你把地上碎成碴子的玻璃重新捡回来再粘起来，绝不会再是从前的样子。

一生中，我们多多少少都会遇到把我们小心脏碾成碎片的人渣，恨不得掐死对方，爱得死去活来的真爱和一种卡住了喉咙想挣脱的窘境。

A 小姐是个乖乖女，听话孝顺，对兄弟姐妹呵护有加。上学的时候她总是第一个自觉完成老师布置的作业，帮助父母照顾弟弟妹妹，对朋友体贴入微，从不让人操心。她是父母口中值得骄傲的一面不倒的小红旗。

可很多时候，她坐在教室里的窗边，看着外面的鸟发呆，心痒痒地想：能够自由快乐地翱翔，多好。

都说性格决定命运，有些人生性不稳，注定了漂泊。

Beyond 不是也唱了：原谅我这一生不羁放纵爱自由。

毕业后随着大潮流，A 小姐认识了理工科搞技术的 B 先生。他对她一见钟情，宠爱有加，他符合一个丈夫的所有标准，他时刻想守着她，他们很快奉子成婚。

B 先生是典型的风向星座，说风就是雨，风风火火。A 小姐是他的初恋，他的首任。传统的文化观念告诉他，第一就应该是最后，无论多少插曲，需要坚守到最后。A 小姐总是开玩笑说："你是一张白纸，我是一本书。你喜欢书的厚重和有意思，就不要嫌麻烦。"

她确实是个麻烦的人。

她说家务都是保姆做的，他就请了保姆做清洁，下班围起围裙就给她做饭。她喜欢什么，就能拥有什么。她说孤单，他就舍了一切去陪伴。她想要星星，他绝对不给月亮。虽然他们从不曾有共同的话题和兴趣爱好，但至少，他努力了。B 先生一直不懂，为什么总觉得这个女人会飘走，会离开。朝夕相处的屋檐下，从未感到安全。

十年如一日，不曾改变的同时一切也都在改变。

当某天你树立和相信的事实，并不是自己所感受的那般模样，是接受现状，还是选择离开？ A 小姐发现，B 先生的爱，是一种习惯性的庇护。他一直拿她当个孩子，百般宠爱，无底线地原谅。但这并不代表，他不会卷入和所有男人一样的旋涡，也不代表，他会从一而终。

到底什么是从一而终，她其实也不懂。曾经觉得世界上所有的人都会离开，他不会；世界上所有的人都会背叛，而他不会。好像汪洋大海里浮板突然消失，那种张狂的失落、慌乱。

建立起来一堵信任的墙并不容易，可推倒，只需要动动小拇指，吹口气儿。

她去了戈壁滩沙漠徒步 30 公里，她去了亚马孙河探险。

零下 30 摄氏度的漠河，看到漫天的北极光时她激动不已；看到天空之境的盐湖，她感慨万分。

世界那么大，为什么不可以多走走看看？

她周围的朋友都说："你看你老公多好，疼你疼得没话说。"她总是笑笑不语说："呵呵，坏人总是我呗。他要的是居家好妇女，我不是。"

众里寻他千百度，
蓦然回首，那人却在，灯火阑珊处。
——辛弃疾

突然有天，他不再问寒问暖；突然有天，他也准备展翅高飞。他们终于决定不再扯着对方的头发撕裂胸口地吵下去。分开之后，她竟然会怀念曾经所谓的稳定：因为意识到，之所以能潇洒，是有人在背后呵护。哪儿来的那么多岁月静好，静好的背后，有人默默在努力让你疯让你浪。

此情可待成追忆，
只是当时已惘然。
——李商隐

他说，爱到最后，其实就是放手放她飞。她想怎样就怎样吧。

后来她真的想了好多怎样，可也没有怎么样。

一晃 16 年，所以就有了这个故事。

要知道所有的来不及，
曾经都是来得及的。

s e q u e n c e

她笑开了花，又哭成泪人

很多年前，人们在盛夏的时候，在树下乘凉，那时候还真有人清唱：“长亭外，古道边，芳草碧连天。”那时候北方的夏天会有非常讨厌的知了，也会有凉凉的徐风，还有乐开怀的娃子们拍洋画儿时候的互损和一阵阵女孩子们清脆的笑声。

那时候好多事儿都很简单，大家不知道什么叫香奈儿和宾利，字典里也没有那么多新词。粮食需要到粮店用粮票换，小朋友们都喜欢冲红星奶粉和干吃麦乳精。

那时候人未必是一对一地爱，但是相对纯粹。

那个年代有王小波和李银河，有海子的诗和顾城的字。

只希望你和我好，互不猜忌，
也互不称誉，安如平日。
你和我说话像对自己说话一样，
我和你说话也像对自己说话那样。
——王小波

很多年前最开始谈恋爱的时候，就有人告诉A小姐，“你得知道自己想要什么。”A小姐一直很反驳这个观点，“为什么要有目的性地谈恋爱？爱难道不应该是感觉到存在，才顺水推舟的吗？”她周围意志坚定且后来早早成家婚姻幸福的金牛座大闺密告诉她：“凡是没有计划性的恋爱，都是注定失败的。”

闺密说，*The Good Wife*（《傲骨贤妻》）里面说过那句“Show Me Your Plan.（告诉我你的计划）”你好好想想，没有计划的恋爱，谈个毛线。

有些人生性意念漂浮不定，却又偶尔渴望安稳。也有的人生性沉着，偶尔浪荡。多数前者都会挫败得遍体鳞伤，而稳重的后者都有幸福的大好前程。

别问为什么，不是说了嘛，不打无准备的仗，别说不兑现的话，不爱不该爱的人。

这些话，当然都是别人嘴里说出来的，对于A小姐而言，她一直觉得对的人还没有出现。每次恋爱都匆匆结束的原因更多在于自己，所有的故事开始都有多面化的不同，而过程中慢慢地会看到不尽如人意的一面，她老是转过头去不再转身而回了。

完全不回头。

她应该也少许地爱过人，伤过很多人。在遇到B先生之前，她很相信哥们儿喝酒时候告诫她的那句话：“现在这个年代，情感就像一家控股公司，我们做彼此的大股东就好，不高兴了就退股，高兴了就拥有着，但别要求全部。”她并不想全情地占有谁，也不希望被任何人占有。所以每当对方reach到她的底线，她就开始跑。

B 先生大概是她这辈子最不想遇到的一种男人。虽然她从来没有一个特定的类别，其实每个人都会知道，什么样的人吃得住自己，自己拿得住什么样的人。B 先生一摆出来，就是她根本 hold 不住的类型。他看着就是那种风流倜傥型的，极高的情商，非常精准的口才。他会非常恰到好处地关心一个人，在需要的时候随时提供宽厚的肩膀；对方想诉说，他就做一个听众，对方想安静他就努力地陪着。女孩子啊，都扛不过陪伴这个梗。不想被人黏着，可病了累了想有肩膀靠着。

有天 B 先生和 A 小姐看电影，他从兜里掏出来一包哄姑娘的 M&M 豆，说："生活应该是七彩的，我希望你快乐。"

A 小姐笑了笑，把里面所有咖啡色的豆豆挑出来吃了，说："我喜欢事物原本的颜色和人原本的模样。"

有时候明明一开始仅仅是好感，却会在不经意的瞬间升华成爱。最怕的就是这种爱上了对方连自己都不知道的主儿。

> 我想起你描述梦想天堂的样子，
> 手指着远方画出一栋一栋房子，
> 你傻笑的表情又那么诚实，
> 所有的信任是从那一刻开始。

某天翌日的早晨，B 先生发来信息："早，对不起。"

他像所有的早晨一样和她说早安，后面的三个字，刺眼得让她觉得手机的屏幕坏了。

她没有回复，是不知道如何回复。

这世界上没有什么对不起，所有的对不起，都是早已密谋好的剧本台词。她早预料到某天会失去这样一份缥缈不定的感情，只是没想到真的发生了。

隔了若干小时后，她冷静地回复了一句：“没有什么对不起，我早猜到了。”

出乎意料的是，她并没有躲进厕所自己哭。有些爱，会爱得极其渴望占有；而有些呢，会因为太爱甚至害怕去拥有。

如果说没有疼，那都是骗人的。B 先生让她笑成一朵花儿，也让她的心碎成渣。

A 小姐看着窗外的云，摘下了墨镜猛盯着刺眼的艳阳。这时眼球里闪现出黑色的太阳，并不是心中期待的那般光亮。这世界上有些男人来一趟，就是让人记住他来过的。

还真就来过了。

sequence

你说花开的时候会回来

每个人啊，都有自己迷恋的事物或特殊的情结，我们说：智者爱山，仁者爱水。

有人在外多年，挂念的竟是一碗米线，也是一种情结。

迷恋让人看不到未来，径直往里走；迷恋也让人痴狂，不顾一切。有种迷恋是让人静止的，好像寂静的冬夜里凉飕飕的小风，吹进身体却驱不走的寒。

A 小姐很小很小的时候，喜欢过一个像七喜汽水上面的小人儿那样的男生。那个男孩儿瘦瘦的很白净，经常出现在篮球场。戴着斯文的金边眼镜，中场休息时总有女生端茶送水嘘寒问暖。

A 小姐总是远远地观望着他，不说话。后来他们成为那个年代流行的笔友。七喜小人一直坚持到考上大学才向她表白，后来校门口总能看到他高大的身影，浅浅地微笑，也总能听到女孩子们的一片唏嘘。

那年的圣诞夜，七喜小人带 A 小姐去了教堂，送了她一本《圣经》。他告诉她，自己的爸爸是海员，一年只能见上几面。这本《圣经》是爸爸带回来的，希望她喜欢。他会写很多的信给她，告诉她，爸爸信里诉说的故事。

后来 A 小姐甚至记不起这男孩儿的长相，只隐约回忆起，他在校门口等待她的时候骑的那辆荧光绿的单车和他爸爸的那些故事。

她一直觉得，她的他出现的时候，也会像海员归家那般模样。他会住在很远的地方，他会在风口浪尖的海上飘扬，他会在每一个清晨伴着海浪声醒来，扬起风帆写下挂念。他会带给她满满的思念和湛蓝色的爱。湛蓝色你懂吗？就是深邃而又忧伤的。

他出现的时候不一定是踩着七彩云的，但一定是有力量的。*50 First Dates* 里面的女主人公，喜爱闻有鱼腥味道的手指，因为对于她来说，那是爸爸的味道和海的味道。

B 先生果然如预期的那般，常年驻在海边，他每天听着海浪拍打岩石的声音醒来。她像迷恋大海那般迷恋着他，他犹如深海那般深不可测。他总是会去很远的地方，有时候联系都是一种奢侈。他说，A 小姐的眼睛很深邃，长而翘的睫毛下是水汪汪的瞳孔。他总是给她讲大海的故事，他说人生就是一场海上的漂泊：

有时候你只身一人，有时候有浮板相伴。
有时候海上风平浪静艳阳高照，有时候暴雨狂风、浪涛汹涌。
这一切你都需要去经历，然后去面对。
最后从中享受快乐。

会有很多的突发情况，也会有很多的孤单时光。快乐是极致的，也一定是短暂的。也许会再见，也许会杳无音信。

他总像一个年长的导师，给她指明回家的方向。B先生给她讲述灯塔的故事，在汪洋漆黑的夜，海员们远远地看到灯塔上的隐约的光，那是希望，是归家的力量。

《星际穿越》那部电影，A小姐足足看了四五遍，看一次号啕大哭一次。如果不是爱着一个不能相伴的人，你不会懂得那份迫切的渴望和悬在天空上的忐忑。

他总说："花开的时候我会回来。"

芍药花开的季节又到了，A小姐爱死了白色的芍药和白色的奥斯汀。她特意早早地预定了大把心爱的花，收拾好了一切盼他归家。

心安之处便是家。

s
e
q
u
e
n
c
e

今次不再停泊，因为已到终点

生活中会有很多的出其不意和意想不到，比如不小心意外怀孕，比如错过了最爱的歌手的演唱会，再比如中了的彩票忘记兑奖。有些是惊喜，有些延伸为谩骂，有些则是人生一大败笔。

生活不可能一帆风顺，心电图上下蹿动的曲线告诉我们，人生就是要大起大落的。**每个故事都有属于它的结局，无论你喜欢不喜欢。**有的人选择逆来顺受，有的人选择大闹天宫。这里并没有任何的对与错，不是说了吗，“不分对错，只看唏嘘。”

A小姐打死都没想到，这个本应擦肩而过的男人，竟是她的终点。《少年派的奇幻漂流》，A小姐非常喜欢，也看过很多次。与大海的博弈简直就是人生缩影，我们彷徨，我们流浪，我们失去希望，我们重生又继续前行。

到了适婚的年龄，每逢过年过节，大家都会把七大姑八大姨的关心问候拿出来调侃。A小姐算是幸运的，她的亲戚们貌似都了解并接受了她头上两个旋儿的个性——无法扭曲的倔强。她的闺密曾经调侃说：“现在的姑娘们，找男人都有所图，要么图钱图地位，要么图长相，要么图性格。”A小姐问：“那你知道我图什么吗？”闺密说：“你就图个真爱，这事儿在当下，太难了。”

A小姐每次恋爱都是短暂的停泊，感觉是那种奔跑到不能喘息，只是找地儿栖息的态度。停泊中还是被宠爱过的，只是每每缓过劲儿了，拍拍翅膀就飞了。

有人说，两个太类似的人未必会走到一起，就算走到一起，也会撕裂彼此的心肺，到不了终点。遇到B先生的那天，A小姐冥冥中看到了另外一个自己：他对生活的觉悟，他有说走就走的气魄，他像她一样对大自然充满探索的渴望，他的内心是极度柔软的。他，一路跌跌撞撞、风风雨雨，不停地再扬帆。

A小姐从大学毕业以后没间断过工作，她没有什么大志理想，比如拥有市值多少的上市公司，或者能把一个杯子变成一百个杯子的能力。她只是觉得，人生一定不要白活，吃喝玩乐、走走看看。在学校学了马克思哲学、学了微积分、学了函数、学了法语，但这并不能带给她如早晨4点半太阳升起的那份欣喜与安宁。

曾经网络上流传的一封辞职信里写道：“世界那么大，我想去看看。”这像极了A小姐的人生态度，如果不能看世界，那么我们来一趟干吗？就这样突然地，她生命中多了同行者的陪伴，喜极而泣。

A小姐和B先生说，大家都爱死了牡丹的倾国倾城，却没有人懂得白色芍药的唯美。她说：“我喜欢那种安静而又大气的绽放。”他说：“我懂。”

他们并没有消耗太多的时间，就走到了一起，也许前半生已经错过了太多，所以现在一分一秒都不愿浪费。到了这个年纪，他们居然会很有仪式感地相约见面："这次我们应该会拥抱吧？我们这次会接吻吧？我们下次会做爱吧？"是不是因为捧在手心的在乎，才会那么小心翼翼。

他们第一次独处的晚上，临睡前A小姐在刷牙的时候给他挤了牙膏。她是个心思缜密的女孩儿，特别擅长这种小细节的温柔。他突然从后面紧紧地抱住了她："这么多年你是第一个给我挤牙膏的女人，终于等到你。" A小姐并没有预期到，这样一个举动竟然融化了一个铁石心肠的男人，可他，真的是为她而柔软了。

有人说，一对爱人的感情状态，完全可以从肢体动作上察觉出来。很多夫妻在外形同陌路，虽然朝夕相对却不再用心呵护彼此，没有了初始的热情也不再牵手拥抱去疼爱。A小姐和B先生一起出行的时候，B先生总有很强的空间感：再大的桌子，她也会黏着他坐的那一边；再多的椅子，她也会像小姑娘一样坐在他腿上。有时候，A小姐会轻抚他的后脑勺，两眼漾着爱看他，一种电流会瞬间划过全身。

这大概就是爱吧。不管之前的感受是如何，具备归属感的爱一定是不一样的。

她说："活了大半辈子，考上名牌大学不值得骄傲，工作有成绩也不值得骄傲，我不是一个貌美如花的姑娘，也没有对社会做什么建设性的贡献。但爱上你，是最值得骄傲的事儿。"

他说："拥有你，我这辈子没白来。值了。"

A小姐最害怕什么？不是熙熙攘攘的人群里找不到他，也不是相隔万里的思念，更不是他周边拥簇的女流之辈。是那种抓不到的缥缈，知道他不适时，自己的无能为力、一个人背过身去后脊梁骨的拔凉拔凉。

她想念他的拥抱。

B 先生最怕什么？不是兵荒马乱的世道，不是充满杀气的尔虞我诈，也不是她天马行空、不切实际的幻想。是怕她委屈，坚守不住漫长的夜。

她总是会灿烂地看着 B 先生，眼睛忽闪忽闪的。她说：“守得云开见月明。我很快乐。”

他总觉得她是星星，任何时候一抬头就看到她在发光。

大风不起云就不飞扬

很多年前董洁演的一部电视剧，讲的是一个小姑娘爱上了收养她的继父，错综复杂的爱情。男人明明也爱她，却不敢爱；想放弃却又心疼。里面有句话很通俗却道出故事的原委："我们总在对的时间遇到错误的人，或者在错的时间遇到对的人。"

人生中每个人的出现，都是有原因的。我们遇到不同的过客和钻进心窝里的人。很多时候，我们穷尽了年华也找不到自己心仪的他；很多时候，我们遇到所爱却发现错过太多，甚是遗憾。所以有了孟婆汤的故事，一碗孟婆汤，忘却一切。

不想记住的，不再来。

不是所有人都经历过暗恋，有的暗恋最后柳暗花明，有的不了了之。暗恋的对象们被藏在心底的最深处，盖上了厚厚的沙。只要大风不起，云就不飞扬。

A 小姐是个很明事理的女孩，有堂堂正正拿得出手的男朋友，有像样体面的工作。她逢年过节，很会来事儿地拎着国产电视剧出镜率很高的鹿茸补酒和颈椎靠枕，去男朋友父母家吃饭。周末偶尔和朋友看看话剧小酌几杯。她不喜欢太过动荡的生活，人生就这样一条直线径直走下去挺好的。不像她闺密，去了珠峰差点儿雪盲，去了亚马孙河招上了奇怪的虫子。人生很多事故和突发，明明就是可以避免的，何必要自己为难自己。

她的男朋友不帅气也不高大，赢在对她好。有个伤风感冒的，从来就不会说那些“喝水喝水喝热水”的片儿汤话，人一定是立马就到，各种伺候，算是她修来的福分。

B先生和A小姐男友，有不浅的交情，他住在另外一个城市。隔三岔五地出差，B先生就会邀A小姐男友出来喝酒吃饭，时不时携带家属，以表礼貌。B先生年纪比他们都大很多，性格开朗不多言。他身上有种难得的沉稳，寡言的时候眼睛隔着眼镜像个大男孩儿一样，清澈到底。因为是自己兄弟的女朋友，他让A小姐叫他哥哥。

有段时间，B先生因为工作的原因，频繁来他们居住的城市出差。大宝总是天天见。A小姐目睹了他周围五花八门的女朋友，有的温柔娇纵，有的霸气十足，每个女人在他身边的样子都是依附着的，好像他是一棵参天大树，永远的避风港。她也捎带着想过，他到底是个什么样的男人啊？让那么有锐气的女孩子们，都死心塌地跟着他。

混熟了之后，A小姐有时会和他聊起自己的梦想和在外人看来不切实际的计划；他每次都会笑笑地看着唾沫横飞的A小姐，安静地听她说完一个又一个有趣的故事。每次和小兄弟见面吃饭，他都会捎带着问一句，妹妹想吃什么？A小姐告诉自己，他是出于最基本的尊重和一个兄长的照顾。

要知道未遂的单恋故事，都是从哥哥开始的。A 小姐曾经也想过，B 先生是否在某个瞬间对她有过些许的好感呢？可就算有，又怎样呢？

有天晚上他们一大帮人一起喝了很多酒，B 先生和 A 小姐的男朋友喝多了，互相称兄道弟地拥抱着唱歌。A 小姐觉得酒很上头，她坐在一个墙角，看这帮男人疯疯癫癫。B 先生莫名其妙地走过来，给她点了一首《催眠》，她顺势唱起了："大风吹，大风吹，冰激凌流泪。"瞬间她的眼睛湿润了，这一定是酒精在作怪。

逢年过节她都会发个祝福的信息给他，他也会客气地回复。人家说，女追男隔层纱。可他们，真的隔着撒哈拉。

从来没有想过会开始，也绝不应该有开始。A 小姐迟早会和她的二十四孝男朋友结婚，做她应该做的人妻。B 先生也终于有了自己开心快乐的归宿，她希望他幸福快乐。

喜欢是放松，
爱是克制。

其实这也谈不上是爱。只是有些人出现了就注定了难以抹去。

他们选择最长远、不受伤的方法，去相守。

sequence

我觉得你很不错

时代变迁，日新月异，人们对柴米油盐的要求不再是“管饱就行”，大家开始了对质的追求。我们老说，“要过上有品质的生活”。所谓品质，可能是一顿一人厨房精致的晚餐，也可能，是一下午匠心满满的插花。数量不再是追求的目标，我们开始花费大把的时间、金钱和精力，只为了某一“心头好”。

近年离婚率越来越高，对于性生活不协调、精神无法沟通、生活模式不匹配及丧偶式婚姻，好多人毅然选择不再凑合。宁可孤老一生，也不愿再被灵魂枷锁捆绑。

大家说：“世界那么大，我想去看看。”

大家说：“何不潇洒走一回？”

也有人说，在遇见真爱之后，发现自己曾经的一切都只能称之为“凑合”。“凑合”，说白了就是囫囵吞咽所有的生活体验，和翻着白眼儿、混吃等死的咸鱼没有太大区别。

我用世间所有的路，
倒退，
为了今生遇见你。

A 小姐见过很多男人，各型各异的男人。遇见 B 先生之后，A 小姐和闺密说："我觉得他很不错。已经很久没有觉得一个男人很不错了。"记得上一次觉得一个男人大方得体认真负责，竟然是十几岁的时候。

物质生活质量提高之后，人们对伴侣的要求也发生了变化。以前大家到了适婚年纪，结了婚就行，能生出来娃就行。枕边人无论是谁，只要是异性就行。慢慢地，颜控们追逐美丽的躯壳，物质控们索取豪车大房，柏拉图们追求有趣的灵魂，高等动物们要的是夜夜笙歌、高潮迭起。大家很少会把这一切重叠在一起，因为，没有可比性。

B 先生身上散发着淡淡的烟草味，混着她也曾用过的一款男士香水。他的声音很低沉，人多的时候他很沉默。他在职场看起来略有些冷漠，可又贴心地记得 A 小姐所有的习惯。不难注意到，他对所有的服务人员都很尊重，"谢谢"总是不离口。他对朋友们很仗义，不该说的不多言；他对女人很疼爱。走路的时候，他总是让 A 小姐走在路的里面，吃饭时夹她最喜欢吃的菜，帮她擦拭沾在乱发上的脏东西。

他说："我不单单是男人，我是一个爷们儿。说出来的话，就得像钉子一样，钉在板上。我说不变，就不变。"

很多时候，A 小姐会被他惊喜得瞬间愣住。各型各色的男人，有太多的说过爱她，有人说摘星星，有人把自己当月亮，有人下厨房，有人跪地毯。可从没有人斩钉截铁地说："我不负你，怎么样都接着你。"

辜负是一个听起来很让人伤心的事儿，可不知道怎么了，在当今这个年代成了家常便饭。A 小姐并不想把一份感情榨干为一份责任，当人肩膀上承载太多的东西，彼此都会很累。B 先生坚持道："不是的，爱和责任，是并行的。等长大了，我娶你。"

A 小姐的闺密说："那就扑啊，这年代好男人绝种了。"

A 小姐的闺密还说："不过男人的话，也不应该全信。"

有些爱情你会奋不顾身地争取，激流勇进般往死里磕；有些则像是熬红豆汤一样，慢悠悠地缠绵。B 先生，是那种她看到了会摘下皇冠，放下所有架子，卑躬屈膝地跪下来呵护的灵魂。像极了米兰·昆德拉笔下形容的爱情那样：这是一种甘心屈从于对方的志愿和控制的热望。

睡梦中的他呼吸沉重，他搂抱着她，他们紧紧地攥着双手，没有人觉得哪部分的肢体被压得发麻，没有人想去抽离。贴着他的皮肤，A 小姐会被温热得整个人都汗水淋漓，舍不得离开半秒。他真的很不错。

醒来的时候，他们依然十指紧扣。

怎么舍得你难过

有部老电影叫《罗丹的情人》（*Camille Claudel*），讲的是情种罗丹，在43岁的时候遇到19岁的卡蜜儿，两人疯狂地相恋，年纪过小的她爱得太用力、太猛、太纯粹，最后因无法与罗丹厮守，而走向歇斯底里的疯狂。

有些人一辈子会爱很多人，每次都爱得彻底，用尽全力；还有的人，心弦但凡拨动一次，再拨准断。他们并不具备重复覆盖伤口的能力。

看这部电影的时候，A小姐年纪不大，虽说被片中女主人公的深情感动得一塌糊涂，但她也在想：这姑娘真够傻的，干吗非得和自己过不去。人真的没必要，为了一棵树放弃整个森林的。

A小姐最看不上那些个为了爱情歇斯底里闹腾的男女，何必呢？非要去撕、去死、去裂变。爱情应该是调剂品，不是必需品。

生命诚可贵，
爱情价更高。
若为自由故，
两者皆可抛。

A 小姐公司有个男孩儿，高挑很瘦，戴着眼镜，说话非常斯文。曾有一度，他们因工作需求连轴转地出差。有天，男孩儿对老板说：“老板，我不能再长时间这样地出差，我不在家，我太太睡不着。如果需要再继续下去，那么我辞职。”

这大概是 A 小姐听过，最长情的告白了。一个男人说，我给你天给你地，不如说你大姨妈来的时候我暖着你睡。后来老板给他安排了一个不用出差的工作，他照例每周五下班后，在公司附近的甜品店给太太打包她喜爱的杧果西米露。

A 小姐的老板，是个风风火火的白羊座，离了两次婚，准备步入第三次婚姻的殿堂。对于有些男人来说，女人就像衣服一样，每个季度的款式和主打都不同，功能也不同。喜欢的时候是真喜欢，不喜欢了也是真不喜欢。

在遇到 A 小姐之前，B 先生也是把女人分类归档的。居家型的放在家，浪荡的一起疯，太麻烦的狠甩掉。女人不需要太强的大脑和深邃的灵魂，这样大家都不累。他也是爱过的，不过世道和人情变了，情到深处，变得很可怕。某天开始他决定不再让自己费神，玩儿够了废，闷倒了睡。

遇到 A 小姐，B 先生竟然推翻了他近 10 年的情感理论。这个女人清澈透明，有种让人想捧在手心去疼爱的冲动。她柔美却又铿锵，不像那些个玻璃罩子下人工喷水的玫瑰。她，一步就跨进了他心里。

A 小姐和她的闺密说：“我第一次，有一种什么都抓不住的感觉。”

闺密发了个翻白眼的图标：“那你还往上贴。”

也说不上好抑或是不好，其实人生来一场到最后，不也是什么都抓不到。难不成你还能卷着几个亿和一堆妞儿进棺材吗？

他说：“我知道你用心了。”

她说：“关于你的一切，都是走进心底最深处的。”

他说：“我们必须快乐！你要保证，即便痛苦但一定要开心。”

她说：“嗯。”

这要如何去解释，他是她唯一的快乐。这一路，大家想去保证的事儿太多，保证准点上班，保证不丢东西，保证达到业绩，保证按时吃饭。可保证去快乐，真有难度。小时候快乐是最最最简单的事情，长大了又是最最最难的。

和他在一起时，她总会双眼放着星光，像个孩子那般开怀大笑。不是在影棚里，镁光灯下摆姿势，也不是对着美颜相机的各种摆拍，就是那种不考虑眼角会有鱼尾纹，开怀露齿的大笑。

眼睛眯成一条缝，睫毛都挤到了一起，一路笑到心底。

他说：“做我的女人，你必须坚强。”

她说：“好。”

坚强是个好品德，碎成渣了，也得挤出个唯美的笑。

A 小姐不愿意让 B 先生知道，她难过的时候，曾喝得趴在楼梯上哇哇大哭，一早吐了好几遍胆汁；她也不愿意告诉他，辗转反侧的夜里有过的那种撕心裂肺；她更不愿意承认，那些个分开的日子，她不停地翻看他们仅有的照片；不舒服时，满含着泪水，对他拥抱的极度渴望。她发给他的每张自拍，都是笑得露出酒窝来的。

因为怕他疼。

她本应是潇洒的，她理应是坚强的。她必须高昂地抬起头，拨下秀发说："我没事。"心疼是一种被卡车碾过的裂变，像显微镜下的细胞一样，扩散，慢慢扩散。

爱，是你自己万箭穿心，也无法接受对方有半点难过。

她说："你放心，我一切都好。"

s e q u e n c e

夜空中最闪亮的星

我祈祷拥有一颗透明的心灵
和会流泪的眼睛
每当我找不到存在的意义
每当我迷失在黑夜里
——《夜空中最亮的星》

你相信吗，喜欢星星的人，内心大得能装下整个银河系，他们向往美好，过度地憧憬一切。

小时候的天空，是蔚蓝蔚蓝的，哪怕到了微冷的深秋，一擦黑，天空就会反射出如男人般的深邃蓝色。那时候孩子画笔下的天，很大很光亮，太阳是火辣辣的，月亮永远都是皎洁的。到了正月十五，只要不刮风下雨，小孩子们都会吵着去看月亮。以为真的能看到嫦娥，也觉得玉兔应是极其可爱的。英文故事书里面，兔子问小熊："你有多爱我呢（How much do you love me）？"小熊用胖胖的手比画了一大圈："从这里到月亮，然后再回来（From here to the moon，and back）。"

A 小姐是一个从小就很迷恋星空的女孩儿，每每看到繁星满天，无论是开车还是走路，她都会放下手中的一切仰起头来数星星。闺密总说，这是一个傻到家了的行为，非常危险。有个闺密曾经埋怨 A 小姐，总是先找好了音乐才能开车，哪怕是瓢泼大雨，哪怕是风雪交加，她非得找一个适合当下心情的音乐才肯拨动雨刷。

如果内心有条银河，又干吗责怪它太美丽？

其实 A 小姐只是仰头看看，她未必能准确地找到大熊星和小熊星，但北斗七星，是她小时候躺在外婆的怀里外婆指给她的。外婆总是握着她的小手，一颗颗地数："看啊，北斗七星像个大大的勺子，装满了宝宝的幸福梦想。宝宝只要抬起头，找到北斗星，一定不会丢。"

外婆是个让人一眼望去就无法忘怀的女人，近 70 岁了皮肤还细腻得吹弹可破。水汪汪的大眼睛，写得一手娟秀的毛笔字，画得美丽的牡丹花，琴棋书画无一不精通。外婆出生在牡丹花盛开的季节，比 A 小姐大整整 60 岁。对家里排行最小的 A 小姐甚是宠爱。外婆总是给她打扮得很漂亮，告诉她脏脏的嘴不要蹭到美丽的衣服，要一辈子大方得体。

外婆在她离家的那年离开了她，之后的若干年她每次抬头看星星，仿若都能看到倾国倾城的外婆。

A 小姐曾经在大理驱车的途中看到满天的繁星，大呼小叫激动得跳起来一颗一颗地数。她明明知道，天上的星星数不清更遥不可及。可在漆黑的夜，散发出来的闪亮希望，谁又能抗拒？

在遥远的南太平洋沙滩上，A 小姐第一次看到流星。那感觉竟然不是兴奋的。有人说，流星滑落天际，因为有重要的生命离开人间；也有人说，流星只是自然星象，陨石坠落，很危险。

A小姐觉得，流星是哽咽住没流出的眼泪，伴随着愈合中的伤，趁人们不注意的时候，快马加鞭地奔跑。

和A小姐不太一样，B先生更喜欢日出。看着海天一线，看着红彤彤的火球徐徐升起，那是希望，那是力量。日出里不会有缥缈游离的不稳定感，能让人忘却所有的不快，好像凤凰涅槃一般重生。B先生是走过场子的人，喝过最烈的酒，睡过最美的妞儿，闯过生死关。他说："我现在爱着，此生最爱的人。"

B先生不喜欢脚不着地的运动，睡觉喜欢靠着冰冷的墙；他不喜欢艺术作品里所谓的行为艺术和故弄玄虚的抽离感。他喜欢脚踏实地地做人，心安理得地闯世界。

所以从最开始，B先生就直截了当地告诉她："你是我的，你跟我走。"

可惜这不是金庸笔下的武侠小说，B先生对于她来说，虽是腾空而降，却并不能挟她而走，横劈种种荆棘屏蔽所有危险，找个山洞隐居，生一堆吵闹的孩子，此生浪迹天涯。

文学作品总是给我们太多的幻象。现实生活中，江湖争斗未必会有多惨烈，爱情也无须太凄美。人们会许下若干摘星星般的诺言，然后唯唯诺诺地让自己和大家去忘记。

她说："生活如果真的是一场战役，未必要赢，但输也得输得漂亮。"
他问她："你输在哪里了？如果输就输在你心里。"

她说：“我输在时间。”

爱因斯坦的相对论是成立的，当你和爱人在一起时，时光飞逝；分离之时，度日如年。A 小姐逐渐变成一个对数字无比敏感的人，她精准地掐算他们可以相聚的时间，然后又准确记录再分开的时间。

曾经有人问 A 小姐：“你看到月亮旁边那颗闪亮的星了吗？它叫作 Venus（金星）。”

2017 年 1 月，金星等待了若干年，终于落位于宝瓶座内，月亮移到了金星的北侧，在暮色渐垂之时，他们开始共同绽放。天文学家称这次现象为“金星合月”。幸福是发着光的，相聚是短暂的。

那晚的金星，用力地闪烁，大概是想告诉全世界的人，这近距离的相聚，值得所有的守候和等待。那晚的月亮，如往常一样皎洁，它大概懂得金星的心情，以最缓慢的速度移动。

A 小姐说：“大家总是看到星相的美丽，却不能理解他们隔水相望、望眼欲穿的悲哀。”

B 先生总是说：“干吗要去悲观，我们彼此照耀闪烁着对方。”

三毛说：“时间冲淡一切痛苦，生活不一定创造更新的喜悦。”

满天都是小星星，闪闪放光明
好像微笑的眼睛，看着我和你
星星数也数不清，代表我的心
星星闪闪亮晶晶，满满的爱都给你

一二三四五六七

七六五四三二一

我的爱和我的心全都属于你

一二三四五六七

七六五四三二一

星星如果有听见，请它告诉你

我爱你

A小姐爱极了这首儿歌，在能找到北斗七星的漆黑的夜，听着海浪或温柔或猛烈地拍打着礁石，宝宝不会丢。

爱到底是几个人的事

大千世界无奇不有，奇怪的新闻层出不穷，一会儿什么女粉丝裸聊，一会儿什么孩子打了爹妈，然后，我们众所周知的谁又睡了谁。

性变成一个特别家常便饭的事儿，微信小图标也在江湖流传着公开约会的系列。大家逗贫地撩骚，顺道就把该办的事儿都办了，没人去谴责，不用去避讳。

有时候看着周遭的一切，人难免乱了阵脚；或者是本身乱了阵脚的人，根本不适应周遭。

许久之前，赵照的一首歌，叫《当你老了》。毫无修饰的词，诉说最真谛的渴望。有什么爱，能爱到渴望一个人衰老的样子；有什么样的情，能洗尽铅华还能沉甸甸的有分量。疼爱并不是一时的，主动呵护的保护欲确实比被呵护的渴望更难持续。恋爱中的男男女女，互相转发这首歌，爱的渴望哪怕只是冲动，却是真切的。

多少人曾爱你青春欢畅的时辰
爱慕你的美丽
假意或真心

只有一个人还爱你虔诚的灵魂

也不是不相信爱情，A小姐一直很同意，作家耀一的那句话："爱上一个人，从一开始，就已经在想象中和她度过了一生一世。"人们会因为一个人，而爱上一座城，当然也会因为一个人，而背离一座城。最终做选择的，是自己；留守信念的，也是自己。她总觉得爱一个人，仅仅是自己的事。至于对方是否是被通缉的窃花大盗、后宫几千、爱不爱她，都不是关键词。

A小姐不是个瘦弱纤细的女子，肩颈却有突出的锁骨。人家说，有锁骨的人，在古代好多时候因为情债被尖刀穿破锁骨，套个圈打上链子，拖拉踉跄走一辈子。A小姐，是那种一旦选择了眼前的，就目光短浅得无法瞻前顾后的人。

A小姐小时候追星，迷上情歌王子某某某，卧室贴满了他的海报，收集了各种宝丽金的原版CD，晚上一定要听着他的声音才可以入睡。好多年之后，一个喜欢她的男孩子送了她最前排的演唱会票，她竟然没有勇气去。

可笑的是，A小姐不过是因为接受不了"共享"概念，不愿看到他去拥抱别的女粉丝，也不愿意和任何一个人分享他的声音。关于"爱"，她绝对属于吃独食的人，哪儿来的那么多我也喜欢你可又忘不了她。所谓徘徊，都是因为不够爱。

上高中的时候，她将自己和偶像的故事，编成一部小说，灵感来自当时特别流行的电视剧《第三类法庭》：她觉得爱，就应该像马忠宝一样，痴情到底。故事梗概是一场描述得淋漓尽致的未婚先孕，最后女主角大着肚子选择离开。

在A小姐的世界里，感情就是自己的，它必须真真切切、晶莹剔透，容不得半点沙。这里面没有模棱两可，也没有凑凑合合。

“想只牵你的手”，这愿望如此奢侈。

她爱的B先生，最不乐意听她这样说。B先生是个一板一眼，学不会来事儿，也不懂得囫囵吞枣的男人。血气方刚是姑娘们追捧的特质，而血气方刚的另一面，是摸不到的晴朗。

他说：“爱是两个人的事情，你不能一个人完成。”

她说：“哦。”

中文的博大精深，就是连语气词，都让你看不到百般缭绕的心情。我们说“哦”的时候，多少是含有情绪的；“嗯”也许也是翻着白眼说的；真的开心，一定会说“好呀好呀”“知道知道”。A小姐确实不同意这个说法。每个人都是一个单一的个体，我们无法捆绑也不该去束缚。B先生一开始就告诉她，“我是野马，你别想牵着我。”她爱他，是她自己的事；他和谁在一起，也不关她的事。

泡泡曾经提过《白鹿原》里面的一个特别的情节：小时候，白孝文送给黑娃一块冰糖，问他好吃吗？黑娃舔了一下，说好吃。白孝文说，送给你了。黑娃说，我不要，糖很甜，可是一想到吃完了就再也吃不到了，我会更加难受。

何尝不是因为怕失去，所以不敢想象去拥有；何尝又不是因为无法拥有，所以假装满不在乎？

好多时候，我们嘴上叨念着聚散终有时，却反复和自己过不去。

嘴上一句带过
心里却一直重复

越是心爱越惦念，越是惦念攥越紧。

所以A小姐根本不考虑这些烦琐的杂事，因为这和她并没有关系。她应该只负责属于B先生的部分，去美、去快乐、去伤心、去修复。

某个大风起兮云飞扬的夜，他把她抱得紧紧的，告诉她只可以在他怀里才能哭泣。那晚，A小姐像一个迷路的孩子，蒙着被子伤心地抽泣。分离并不是最戳人心的，最难过的是一次又一次重复地分离。好像不停地用刀去割开刚痊愈的伤口，等它快愈合时再下一刀。

B先生在她耳边念叨好几遍，“路是我们一起选的，请和我走下去。爱是我们共同的事，不是只有你自己。不要伤害自己”。

怎么样才算是伤害自己呢？喝多了、哭晕了那真心没有什么。

想当年她也是频频拒人的一枚校花啊。

A小姐心中依然燃着倔强的花火，“你不是我的，和我没关系”。

欲说还休

少年不识愁滋味，爱上层楼。
爱上层楼，为赋新词强说愁。
而今识尽愁滋味，欲说还休。
欲说还休，却道天凉好个秋。

——辛弃疾

每个青春期的妞儿，都有过“为赋新词强说愁”的年纪：喜爱听悲伤的情歌，望着窗外的瓢泼大雨，硬是把自己想象成颠沛流离的情感信徒，覆满了伤。

其实呢，那仅仅是青春萌动的一部分，伤感的原因不过是暗恋的男生少看了自己一眼；考试卷子不敢拿回家让家长签字；午饭的时候菜汤洒到了新鞋上。

曾经觉得大过了天的事，最后会发现，自己根本拗不过天。

A 小姐有个闺密，小时候留着短短的头发，身材高挑大长腿，喜欢一个比自己大几年的男孩儿。那男孩儿也是高高的，头发浓密、大眼睛单眼皮，有点儿像年轻版的任贤齐。闺密那时候喜欢熊天平的歌，她老说，熊天平清澈的嗓音，一次次唱碎了她的心。她说，我就是雪候鸟，要爱他一辈子，永远地守候。

后来闺密去了亚洲最热的国度生活，在那里成家立业，全年 365 天都是短裤背心。闺密不再回到寒冷的城市，她也忘记了雪候鸟的承诺。

好多个咬牙切齿的爱情啊，到最后都是不了了之。因为无法捏在手心，我们咬碎了后槽牙；在遇到下一个之前，大都也以为自己是一生一世只爱一人的。

关于离别的情感抒发方式，很多年前心理学家做过调研：他们在不通知的情况下暂时将幼童与母亲分离，等母亲归来后，观察他们的反应。60% 多的孩子，会迅猛地奔向母亲怀抱，哇哇大哭，诉说自己无助害怕及委屈的心情。20% 多的孩子，会毫无反应，好像什么事情都没发生一样；另外的，会愤怒地发脾气抗拒。

人的性格是有意思的，有些人会哇哇大哭，有些人选择转身擦泪，还有的人，选择将一切揉碎了吞咽，噎在喉咙里，闪动着伤心的魂。

A 小姐小时候，属于 60% 的常态儿；可随着年长，就越发容易沉默。A 小姐的闺密告诉她，大家都说 no zuo no die，但实际呢，还是要 zuo 的。闺密以自身经历的两个故事告诫她，自己没 zuo，百般忍让的结果，是失去；zuo 的，换来的反而是留守和同情。先别管这份留守你到底要不要，重要的是，绝不让自己受委屈。

说到 Demand（需求），并不是所有人，都具备张口的能力，哪怕是唠个家常的小抱怨。A 小姐则是停止表达的 20% 人群中，但凡低落，但凡迷惘，但凡心情跌宕起伏，就顿失诉说的能力。何况这又是大家告诫了多遍，慎重、慎重、再慎重的一条路。

当 A 小姐听闺密兴高采烈地喷诉着情史，她脑子里闪现了一句话："难道真的是会哭的娃有奶吃？"有时大声地哭喊，比自己辗转翻腾，有效多了。可是……

舍不得。舍不得是一种超越了心疼的心情：想念到不敢去想念；舍不得到不敢去舍得。B 先生说："我最大的快乐，就是你能快乐。"

因为他懂得。

他说："我能感觉到你的快乐，同样体会着你的悲凉。"
他说："我知道你慢半拍，所以我等。"

不是说了嘛，这个世界遇到爱，遇到性都不是稀罕的事儿，最怕的是遇到懂得。

懂得是一把利剑，直戳人心，一句句的关爱，利剑又拧了几个圈，在心上掏出个洞来，大得能装一个人，小到只装一个人。

情绪像过山车般大起大落，阴霾没一会儿又出太阳，瞬间暴风雨席卷，蒸笼般的潮湿，凛冽的寒风呼呼刮得刺骨地疼。

欲说还休。

相思始觉海非深

看意思就知道，这句话是说，深深地想念一个人，才发觉大海都没有那么深了。

你游泳游到过深海吗？然后一回头，发现岸在很远的地方，几乎望不到头。岸边的人，会变成很小很小的一个个点，缓慢地移动。水深得踏不到底，越发地冷，你要不停地踩水，调整自己急促的呼吸和恐惧的心情。浪一次又一次地打过来，你以为它试图将你推回岸边，可又因为你的不乖，任性地将你卷回大海。

大海深吗？很深，可比起无限的思念，它的深度是有限的。

A小姐很小很小的时候，海边流行租一种充气船。她喜欢跷着肉乎乎的小腿，四仰八叉地躺在充气船上，随着海浪漂流。翻个身，就能看到保护着她的大人们，又能感受到海浪的翻腾。

涨潮时，人小鬼大的她趁大家都在忙碌地收拾东西，自己躺在了充气垫上。怎知一个浪就把她卷进海里，又一个浪，像要让她吸取不听话的教训一般，瞬间把她打翻扣在海里。喝饱了咸咸的海水，呛得眼泪满面，把大人们吓得没了魂。翌日毒辣辣艳阳的下午，A

小姐宛如什么都没有发生一样，连帽子都不戴就兴高采烈地冲进大海捡贝壳。大人们后来说，好多孩子会吓得久久不敢碰水，这个小妞儿，是属于大海的。

深爱着海的人，都有一颗绑不住的心；深爱着海的人，都有一颗归家的心。

嘴巴恶毒的毛姆叔曾说过，“人们要为年轻时对未来的美好憧憬，付出饱尝幻灭之苦的惨痛代价”。

可谁年轻时没犯过点儿滔天大错啊，谁年轻时不能有点儿不切实际的憧憬呢？

A 小姐年轻的时候，有很多很多的异性朋友，他们之前的感情大多介乎于哥们儿和男女之间，求之必应，不求之也会应。A 小姐喜欢过很多人，也伤害过不少人，所有的恋爱都始于一开始的小懵懂，终了于她并不想继续这份懵懂。A 小姐长大以后，并不愿意和异性走得太近，反而多了很多同性朋友，这是一种更稳定、不游离且贴心的感情。

不是所有的人

都能像你这样无所畏惧和遵从内心。

你是我见过最晶莹剔透的人了。

这句话，来自她的一个朋友。那天朋友喝多了，洋洋洒洒地和她说了许多。他们一直以一种很舒服的相处方式共存着，他会把藏在心底最多的隐私剖露给她，就像外科手术那样地掏肠掏肚。朋友给 A 小姐讲了很多故事，A 小姐问：“你说，现在能扒拉出来的好男人，是不是都已有归宿？”

那端的朋友，挤出牵强的笑容说：“所有的所谓的好，都是头顶着责任的。生活在一起并不意味着归宿，要不，就不会有那么多男人大半夜还飘在街上。”

这句话的情境听起来，熟悉又陌生。

她忍不住又直言不讳地问：“那么，交公粮也属于责任的一部分了？”

朋友皱眉摇了摇头：“不，不是。**当你对一个人没有了任何的期待和希冀的时候，一切就都会变得麻木不仁和无所谓。**你好好消化我这句话。”

朋友大概是了解 A 小姐的为人，知道她一句话要消化好久。

A 小姐不明白为什么他年轻有为有才华，内心却那么压抑痛苦：“为什么现在的人，都不血气方刚了？”

朋友说：“生活会磨平一个人的所有棱角，让他负着荆棘，忍痛前行。”

A 小姐没敢再问了，朋友的婚姻状况和他的生活现状其实她一概不知，也没有必要知道。女人们总是在说，男人如何臭不要脸、如何不懂女人的心、如何花天酒地。在 A 小姐看来，花天酒地是最可悲的一种。就像朋友说的那样，他们是半夜飘在街上的灵魂。很可怜。

友谊这个东西，有的会缓慢地贯穿一生一世；有时候呢，在特定的阶段会出现特定的人，你们之间的情谊像爱情一样又不同于爱情。

在友谊里，你可以更坦诚地倾诉那些对着爱人并不敢说的话。

所以A小姐只是告诉B先生，每到晚上，她仿佛能听到时间作响的嘀嗒声，一分一秒地，慢慢地度过。不，是熬过。

B先生说："我又何尝不是度日如年。"

对于恋爱中的人们来说，两地已经是一道坎儿，他们的坎儿上面，还隔着一把上了锁的门。思念不过只能如此诉说，那些流淌在心里的五味杂陈，仿若涓涓长流慢慢侵蚀着彼此的世界。

一望可相见，一步如重城。
所爱隔山海，山海不可平。

明明能看到，也仿若能触及。可隔着不可平的山海，还不算岁月的蹉跎和千里之隔。嘴如刀子的毛姆叔还说过，痛楚和快乐，是成正比的。在一起的时候有多开心，分离之时就会有多痛苦。

A小姐站在海边，看着沙滩玩儿沙嬉笑的孩童们，看着拿着冲浪板子活力四射的少年，还有一对对亲昵的情侣们和皮肤皱成了核桃一样依旧挽着手的老人们。她突然脱了衣服，飞快地奔进大海，奋力向前游，不再回头。

她倒要去看看，到底是海更深，还是思念深。

左边

好多年前，有部“80后”标配电视剧叫作《奋斗》，刚出道的王珞丹带着一脸清纯对剧中的佟大为表达着青春无敌、不愿离弃的爱，杨丞琳的那首《左边》，红遍了祖国山河，也驻进了千万少女心。

可直爽简单的姑娘总是让人过目就忘，大大咧咧的傻姑娘，往往得不到真爱的垂怜。

A小姐一直觉得，这个填词的人，一定没有考虑过左撇子的感受。这种牵手方式应该是对左撇子们最高级别的疼爱。所有的左撇子，最有体会的应该是“胳膊肘之战”，这是幼时吃饭写字起就开始的战争。在曾经并不能接受事情迥异的年代，不同从来就不是一件值得赞赏的事情。在大家都还需要粮票来换面粉的年代，所有人都会告诫你事情的发展方向和发展规律应该如何，同时也会嘱咐你，中文字用左手写一辈子都不会好看。

其实左撇子未必真的聪明，左撇子里面有的是闷瓜蠢蛋，更有一堆为了爱情奋不顾身的男男女女。

迷途漫漫，
终有一归。

在被遗忘以前，我们会变得媚俗。
媚俗，是存在与遗忘之间的中转站。

——米兰·昆德拉

A 小姐从事旅游工作，每一年要去很多很多地方，坐好多次飞机。她很喜欢看高空深厚的云朵，有人说“水能载舟，亦能覆舟”。那么云朵呢？云朵大概是上帝洒下来的情感棉花糖，让飞行在高空的人不再惧怕，不会一低头看到遥远的村落变成不能触及的小圆点，充满对目的地的渴望。

A 小姐很喜欢手机英文系统对“朋友圈”的翻译：Moments（时刻）。这本来就是应该用来记录生活的一个载体，日子中有太多可以留有印迹的事情。她并不想让太多的人知道自己每天的生活步骤和吃喝玩乐的轨迹，更不想，被人记住。

也许在遇到 B 先生之前，她就没有什么值得去记录的轨迹。

有些人徘徊在求关注和所谓媚俗之间，还有的人，停留在不想被关注的平庸点。生活的状态从来就没有错与对，人们会在苟延残喘之年去懊悔一些年轻时没能得到的爱情和没有完成的旅途。可然后呢？然后大家不过是小酌二三，洗洗睡了。

你有做过背部的推精油吗？温和柔软，需要高质量的按摩油，但最重要的，是一双好手。

所谓好手，除了精湛的技艺，还需要具备不划人的掌纹，不冰冷的温度，要么柔软得醉人、要么有力得碎人。背部是一个更应该主动去触碰的地方，因为它是一张可以刻画感触的纸，随心情涂鸦，更可肆意张扬。背部有敏感的毛孔，有拱起的背肌，更有关系着生命的脊椎骨。但凡是刻录在背部的事儿，大多都很钻心也不会被遗忘。

B 先生说："我会一直拉着你站在我路的里边。因为你习惯了用左手拿筷子，睡左边的床，我想让你记得靠近心脏的左手，永远都被你男人牵着的那份呵护。"他说这个话的时候，A 小姐努力地点点头，将硌手的时尚戒指换到了右手。

人都说十指连心，手指上的伤一定会钻心地疼。那么十指紧扣呢，是不是犹如十把刀一样，狠狠地将对方戳在心窝上，不再分离？

像郑钧唱的《私奔》一样，**有时候宁可两败俱伤，也不惜代价去颠沛流离。**

sequence

太阳雨

太阳雨是一个很美的气象词，A 小姐第一次听到还是多年前在一个朋友的车里。性格彪悍的北方姑娘，只听说过爆裂的太阳、倾盆的大雨、鹅毛的大雪、凛冽的寒风。北方的狼族们会努力地吃肉、大口地喝酒，他们像天一样承载着一切，他们有宽厚有力的肩膀让女人去依靠，坚韧决绝的心、雷打不动的人。

A 小姐后来真的会指着躲在乌云背后的太阳说："看，太阳雨，一会儿就会艳阳高照的。"

你信吗？喜欢眯着眼睛透过墨镜盯着太阳的人，都是不怕晒的。不怕晒的，都是敢去爱的。爱，是人类最本能的反应和能力，可在当下的社会，一切变得不一样了。简单的事情变得烦琐，烦琐的事情更加烦琐。有时候我们不具备爱的能力，有时候我们又失去了爱的勇气。

爱无端地多了若干衡量标准及附加条件，金钱、权力、家庭背景、年纪、肉身指数，以及可预期的未来。

要是所有的情感故事都能预期，这世界就彻底太平了。

A 小姐有次在车上看到路边有对十几岁的情侣，分着一碗路边小吃，女孩儿笑得很甜，男孩儿的眼睛也眯成了一条缝。那个年纪，他们不会考虑女孩儿的妈妈在茶餐厅端盘子，男孩子的爸爸是上市公司老板。不会懂得什么叫作“婚姻是一场精神上的门当户对”，未来的方向是否迥异，生活理念有多么不登对。生命正值怒放，那么就快乐不计后果地怒放。

年轻时候谈恋爱真好，有大把大把的时间可以去浪费。未来就像天边无法触及的七彩云那般美好又缥缈，每一段情感，都会海枯石烂地走到坟墓前。一切都是真实的。

A 小姐从来不在旅途中恋爱，因为半路相逢的邂逅，不够真实也太容易失去。

她和 B 先生约好了一起翻山越岭看星星。重峦叠嶂的感觉她貌似不曾体验过，抑或是体验过，却未曾感触过。B 先生放的歌，唱着“所以那些可能都不是真的；所以那些可能都会是真的”。他紧握着她的手。她内心默默地跟着哼唱，“嘴上一句带过，心里却一直重复。我真的也说够了再见”。

牵手对于情侣来说，并不是一件稀罕的事情。人们可以牵手一天，一夜，一下午，若干天，许多年。时间有时候会淡化爱人们的亲昵，慢慢地，他们会厌恶对方的身体，眼睛不再放光，走着走着就放手了。

几千公里都不曾放手，那是种怎样的体验？

有天蒙蒙春雨，他们决定随走随停。有天倾盆大雨，他们决定喝一天酒。嘤嘤细语，缠缠绵绵，醉生梦死。

A 小姐温柔地靠着 B 先生的肩膀，手臂绕他的颈。她轻声昵语说着爱，脑海里闪现《后天》电影里面的一幕：瓢泼的大雨，翻天覆地，一对情侣慌乱地奔跑在簇拥的人群中。如果这一切在此刻结束，此生无憾。她愿意这样幸福地老去。

我们会有多少时间
开场白打开了明天
明天又答应了明年
我们将不需要多余的前言
我觉得这一切都很纯粹

A 小姐终于能理解杨贵妃醉生梦死的十一年。闺密问她，为什么白居易写的是《长恨歌》，不是“长爱歌”？ A 小姐答道：“因为爱恨情仇，杨贵妃被处死，爱之深责之切吧。”她还发了那句“在天愿作比翼鸟，在地愿为连理枝”给闺密。闺密说：“不知道为什么，感觉凄惨得好像要闭经一样。”

A 小姐耸耸肩，觉得闺密甚是可爱。闺密是个被先生宠爱着的温室宝宝，生病时有人呵护，发脾气时有人哄，逢年过节有惊喜，动辄小打小闹，最后还是被跪舔般地疼爱。她不能懂得爱的撕心裂肺，因为她太幸福了。

可 A 小姐懂吗？她觉得自己懂。至少她体会过，那种凛冽寒风中吹裂开的伤口，被冻得疼。

离别前B先生说，早知道如此还不如不相见，不走心的彼此就不会爱得那么疼。

A小姐笑笑说："宝贝，送你一句话吧，'无不可过去之事，有自然相知之人'。也许我是之事，很快就翻篇儿；也许我是之人，在终点等你。"

临行的时候，她梳着小辫背着书包，使劲奔跑。以为躲在一个他看不到的地方回头，大家都看不到彼此的伤。

回眸那一刻，他满含泪水地招了招手。

蓦然回首，那人却在灯火阑珊处。

外面的灯火并不阑珊，相比之下，他才是真正的烟火。

此时下起一阵太阳雨。

拧把热毛巾

记得电影《失恋三十三天》里有个场景，张嘉译请失恋的白百合吃饭，白百合破衣烂衫地赴约，问了句：“您是要睡我吗？”张嘉译回：“屁话，你们‘80后’都有被迫害妄想症吗？我是要教会你，失恋不可怕，没男人，也得照常享受生活。”

姑娘们一定因为这句话会瞬间爱上张嘉译，成熟霸气，男人味儿足。

网络上流行一句话：这个年代，谁不曾爱过一两个人渣？失恋是什么呢？失恋是抓不到自己想要的绳子，是感觉自己被世界遗弃，是自尊心严重受挫，是听遍所有的情歌都不如自己凄惨，是虐我一千遍的支离破碎。

失恋的时候我们是怎样的？我们满地打滚，哀号千里，抑或烂醉如泥。A 小姐失恋的时候，她就一直哭一直哭，哭得那叫一个撕心裂肺，感觉自己就要哭干了。然后呢？然后红肿着金鱼眼，觉得已经把那个人哭出来了，他再也不在了。

可闺密说，哭有个屁用，时间除了是把杀猪刀，还是最有效的散利痛。

A 小姐刚遇到 B 先生的时候，觉得他很像《罗曼蒂克消亡史》里面的那个日本人。寡言端庄，和蔼的时候很可亲，冷漠的时候让人后脊梁骨发凉。他兴许会冷不防地放出来一句暖心话，照耀整个世界。又也许，他会突然斩钉截铁地转身撤离，头也不回。

书本上告诉我们，不要去钻研一个人，因为人，是钻研不出来的。当你迫切地想要去了解一个人，也许正说明，这是你永远不可触及的世界。A 小姐觉得，人不应该像课题一样被钻研的，人是感官动物，需要凭感觉。

A 小姐看《罗曼蒂克消亡史》的时候，看到日本男人为被囚禁的章子怡擦拭身体时，她竟然觉得他们是相爱的，那种主观霸占与被迫服从，不知道算不算是爱？电影的结局让人感到悲凉、迷惘。她爱上 B 先生的时候，感觉就是迷惘的。像极了《五十度灰》里面的女主角，不可抗拒地被吸引，迫切地卷进被虐的旋涡，想挣脱却又下陷，越卷越深。可她觉得，B 先生就像干涩的黑麦面包那样，一定是慢慢咀嚼才有味道的。

懂得的人欲罢不能，不懂的就转身离开。

第二次见面，B 先生醉倒在 A 小姐的怀里。他酩酊大醉地呢喃着若干她听不懂的林林总总，他攥紧了她又推开她。A 小姐想，这个男人要是能号啕大哭就好了，哭得窒息的那种，这样所有的不快乐就可以被哭出来了，不再回来。A 小姐仔细端详这个躺在自己怀里的男子，眉目清秀写满了伤痕。一个人是要受过怎样的伤害，会像蚕茧那般包裹自己？**一个人要经历何其的风浪，才会将自己变成**

风浪那般无所畏惧地乘风破浪?

A 小姐帮他脱下充满了酒精味道的衣服，冲了杯蜂蜜花旗参茶，关上了灯悄声离开。她在客厅留了灯，她总觉得，留了灯的家，才有温暖、才有希望。

若干天后，A 小姐坐在 B 先生的大腿上，用手轻捋着他毛茸茸刚长出的胡须，好像被春雨滋润后新生的嫩芽般，充满着活力。她问他："为什么你突然地爱我了？"

B 先生笑了笑说："你以为我喝得酩酊大醉的那天夜里，你拧了一条热毛巾给我擦脸。这是一个我从未有过的世界。"

有人说，一个男人爱你，会像疼女儿般疼爱你；一个男人不爱你，会像使用老妈子一般使用你。那是矫情的女人说的话。

A 小姐说："我用白瓷的餐具，让你看到食物最本质的颜色；买最好的食材，让你体会食物的原始味道；以最干净的初心，让你知道被疼爱的美好。"

B 先生说："所以见到你我就知道，我回家了。"

红豆熬成沙，扎结散成花

你听说过扎染吗？这是一种传统且独特的染色工艺。之所以叫扎染，是因为工艺分为“扎结”和“染色”两部分。心灵手巧的女人们将织物扎成一个一个的结，放入染缸，再将结拆开。扎染后的织物，会呈现晕色丰富的图案，像蝴蝶、像梅花、像海棠。2006 年被国家列入非物质文化遗产，在民族地区广泛传承。

好了，科普部分到此结束。

扎染的全过程，像极了人生的路途。一开始，我们都是无比纯洁的白纸，初生牛犊走向社会，不免磕磕碰碰，遇到问题和困难。挫折犹如扎染中被纱线打住的结那般，每次都让人觉得百般委屈，熬不到尽头。沮丧、堕落、纠结、重生。我们学会了用各种方式去麻木自己，适应社会。然后再次踏入洗染的过程，灵魂被洗刷，坚强的坚强，软弱的继续软软塌塌。

干净的洁白不易留，大家都成了千篇一律的带色体。岁月流逝，我们学会淘汰朋友，屏蔽危险，享受生活；更学会去爱去懂得，放慢脚步，沉淀自己。再用纤细的剪刀揭开一个个曾扎住的心结，才发现，豁然开朗地绽放出一朵朵不重样的花。当所有的心结被打开，再用冷水冲刷，如凤凰涅槃般变成一个更完整的自己。

这是扎染的全过程，也是我们成长的历程。

所有的大人都曾经是小孩，
虽然，
只有少数人记得。

——《小王子》

那天A小姐就这样，目不转睛地看着扎染作坊里的少妇，操着不太流利的普通话给她解释扎染程序。少妇的瞳孔是咖啡色的，说话很慢。感觉像旧时代的黑白老电影那样，慢慢做着女红消磨时间，传承手艺，维持生计，谱写日子。

车水马龙的大城市里缺失快乐，好多时候源于我们想要的太多。

她一眼看中一块未完工的织料，少妇很不好意思地解释道：“这是没有完成的，还需要一个一个拆扎结。你可以选挂在外面的，很多样式，慢慢选。”

A 小姐说：“我就要这块儿。”

B 先生笑着摸了摸她的头，买了这块送给她。

那一刻她兴奋得好像小时候第一次干吃麦乳精一样，甜到了嗓子眼儿。A 小姐说：“这个多好，就像我们半路相逢的人生一样，有过很多坎坷，很多结节。以后啊，在每一个见不到你的日子，我就拆开一个扎结，直到那一天。”

其实她也不知道，所谓“那一天”是哪一天。

B 先生低沉地说了句：“你真是不一样。这么一小块布，有多少个扎结啊？”

A 小姐像个孩子那般：“大概 100 多个吧，还真不知道。”

B 先生沉默好一阵，开车前行。

A 小姐还是按捺不住内心的欢喜，龇着牙笑开了花儿。

有人说，女人最灿烂的笑，一定是被她爱的男人百般宠爱的时候。她会像含苞欲放的粉芍药那般，散发着张扬不可控的美。就算是笑得露了后槽牙，也是妩媚得沁人心脾的。

A 小姐衣柜里都是一样的衣服，同样的鞋也会买很多次。她会为“荷叶与露珠”的故事而落泪，她相信飞鸟与鱼也可以相爱。她会在雨后的路上，小心翼翼地踮起脚尖，怕踩到没回家的小蜗牛；她也会在没有 B 先生的黑夜，隔着不可平的山海，突然抽泣。

睡不着的夜
醒不来的早晨
春天的花如何得知秋天的果
今天的不堪如何原谅昨日的昏盲

蓝的天
蓝的海
难为了我和你

——齐豫《飞鸟与鱼》

夜幕降临的时候总是微冷的，尤其是细雨绵绵的夜。雨停后的夜空呈现粉红色，没有可期待的金星合月，更没有指明方向的北斗七星。雨淅沥沥地滴答一天，有人说，下雨是在挽留人，也许天在说，不要走。

A 小姐和 B 先生在有壁炉的地方坐下，小酌二三。壁炉里的柴火温暖地散着火星子，好像灼热的流星一样，还发出呲呲的声音。灯光微弱的地方 A 小姐看不太清对面桌子情侣的模样，但一闪一闪的火苗，映出了 B 先生湿润的瞳孔。

他的眼睛是金光闪闪的，好像雨夜藏在云朵里的金星。他一定是视力太好，才会在人群中发现她，爱上她，守护她。

A 小姐不解地问：“你怎么啦？”

他说：“你今天下午的话，戳到我的心。”

A 小姐不太明白：“哪句？”

B 先生望着她，看着她晶莹剔透眼中映出的自己：“我的女人，要拆上百个扎结，才能见到我。心针扎般地疼。”

冷场了一小下，他们又紧紧地拥抱在一起。

有时候爱需要大胆表达，有时候爱又不用过多的言语。

是不是属于你的人，抱一下就懂。

A 小姐捋着 B 先生鬓角的头发告诉他：“你知道吗，**我对你是那种一箭穿心的爱，拔不出来的，要是真想拔，心脏会呼噜呼噜地淌血致死。**”

B 先生说：“我告诉你那一天是哪一天，等我娶你做我的妻。”

红豆可以慢慢熬成沙，

再坚固的扎结，

最终也能散成花。

不挑你刺儿，为你挑刺

托尔斯泰说："幸福的家庭都是相同的，不幸的家庭各有各的不幸。"这句话曾经引来很多争议，怎么个相同法儿？怎么个不同法儿？

其实文人都有个通病，就是从来记不住自己说过的话。有哲理的，无道理的，统统都一样。

幸福并无确凿的定义，有人会因限量版的名牌包感到幸福；有人靠着挑战刺激引致肾上腺素提升而倍感幸福；有人仅由一句话而小窃喜；有人的幸福感呢，则来自一日三餐、朝九晚五的陪伴。

作为一个民以食为天的民族，当食物呈现鲜美的色泽、玲珑的形态，带给我们入口即化的融合感，这样的记忆，我们是可以笼统地定义它为"美好幸福"的。

人有时，追逐某一种味道或口感的原因正是因为缺失，缺失那个味道带给自己的幸福感，缺失某种情结带来的安全感。A小姐总是和朋友说："世界上哪儿来的那么多野男人，野，不过是因为缺爱。"如果饭在锅里、人在床上的状态是美好的，那么早回家的男人一定会多起来。

其实男女关系完全可以用床榻上的关系去解释。男人们过于直白地直击重点，女人大多羞涩，总想把一切推向心灵鸡汤的高度。倘若能爱着彼此的美好，接受对方的瑕疵，又不顾此失彼地一起进步，上上下下左左右右，何尝不是一种幸福。

有句话说："喝最烈的酒，骑最快的马，睡最美的妞儿。"A小姐也和闺密说："我呀，没什么远大的志向。就希望走遍世界万里路，读万卷书，爱最赞的男人，尝试最极限的运动，品最美味的佳肴，享受最极致的性爱。"说罢猛喝一口烈酒。闺密说："嚯嚯，好事儿你倒都占了，还说没志向。你真是奇怪的，靠着幻想而过活，活得还挺让人羡慕。"A小姐呵呵地笑了几声说："可能到最后，我唯一能做的，就是读万卷书了。"

《一个人的朝圣》里曾经写道："你以为走路是世界上最简单的事情呢，这些原本是本能的事情实际上做起来都困难。而吃，吃也是一样的。说话也是。还有爱，这些东西都可以很难。"

A小姐一直觉得，自己应该写一本书叫《一个人的天堂》，就是要阐述与《一个人的朝圣》相反的状态。所有的事情都可以很简单：我们可以穿简单纯棉单色衣服，可以吃得精简，爱得纯粹。哪怕没有陪伴，一个人一样可以把一天过成48小时，活得像神仙般精彩。人们老容易把一件事儿想复杂了，其实最累的反而是夹杂在中间的自己。那么爱一个男人，有什么可以给他呢？

让他玩儿，和他吃饭，给他性爱。

任何一件事，都是需要有基石的，满足了对方需要的根本，故事才可继续。

A 小姐小时候特别讨厌大人们往她碗里夹菜，因为本来她用筷子就用得不好，吃饭又慢。小时候在爷爷奶奶家吃饭，小碗经常会堆得像小山丘一样——都是菜，当时觉得很有负担，好像一辈子都吃不完。长大之后，她迅速爱上三明治、比萨饼的简单快乐，吃饭可以是互不干涉的。可有一天她发现——原来在我们的文化里，夹菜是一种关爱。做母亲的，总是会把她觉得最好最有营养的夹到你碗里，看着你吃，那是爱。当碗碟空寂下来，才能领略被照顾的美好。

被宠爱更是美好的，要不哪儿来的有恃无恐？世界那么大，有多少人会像母亲那般无原则、无底线地包容和疼爱呢？屈指可数，或者，根本就没得数。

所以 A 小姐说：“容我，惯着你。”

B 先生受宠若惊得无言以对。

散光的 A 小姐晚上从不开车，因为路灯的光圈会变成好多个，好像海市蜃楼那般一闪一闪的。但她会夹鱼嘴旁边最鲜嫩的肉，也会挑干净河鱼湖鱼所有的刺，淋上汁，送到 B 先生碗里。多年前一个广东同学教会她如何去盛汤，大汤勺在锅的中心舀上几舀，然后再盛汤，汤面上的油花儿就都散开了。她喜欢看他吃得囫囵吞枣的样子，像个孩子那般津津有味。饭后的茶，一定不要是冷的。

原来珍爱一个人，是从留意对方的饮食习惯开始的。也是因为在乎，才会去留意。只有让一个人觉得和你待在一起舒适，对方才更愿意和你在一起。B 先生同样清楚地知道，A 小姐不吃有辛辣刺激性味道的东西，香菜可以放，但不入口；睡左边的床，手臂从不放进被窝。他居然不自觉地趴着睡，因为下意识要搂住趴着睡的她。

B 先生说：“你不在身边的日子，我不吃多刺的鱼。”

A 小姐说：“没有你在，我晚上穿长袖抱着枕头睡。”

如果爱是种逐渐养成的习惯，
爱得久了，变得深了，
河流照样流淌。
在不在都一样。

疼爱有加

“蜜罐冷语”里面说过好多伤心的话，讲过不少离别和遗憾的故事。第一次觉得，这标题不太适合今天要聊的 A 小姐和 B 先生。他们的幸福是极其耀眼的，有时候像一块正午太阳照耀下金灿灿的砖头那样，让周围的人都被照瞎了眼。或者说，他们的恩爱和幸福，让周遭的人都觉得自己瞎了眼。

他们真心地证明了“愿得一人心，白首不分离”的美好。

有人说，相濡以沫，就是大家互相浸泡在对方的唾液里，最后因为太过熟悉而被细节消耗掉所有的激情与爱，互相厌恶。A 小姐和 B 先生的爱足以证明，有时候我们所定义的遥不可及，不过是因为自己不曾体会的嫉妒。真爱是存在的，持久有力有激情的生活，也是存在的。他们在二十出头的年纪认识，那时候 B 先生留着长长的头发，个子虽不高挑也不像现在这样中年发福、一身横肉。A 小姐来自美丽的小岛文莱，身材娇小，大大的眼睛，在家排行老三，是唯一的女孩儿。有两个哥哥和一个弟弟，爸妈眼中唯一的小公主。

因为身材矮小，A 小姐被同班同学从小欺负到她离开家乡。举家搬到了大洋彼岸的新西兰，满街的金发碧眼，她经常会自己买根冰棍儿坐在皇后镇的大街上看着形形色色的人，也曾想，“什么时候我能遇到一个像爸妈那样视我如宝的人呢？”

当染着一头红发的B先生出现的时候，A小姐内心是极度恐惧的。她觉得眼前的这个男人，很霸气很爷们又很嚣张，骨子里透着坏。在20多年前的那个年代，B先生靠着一头红长发，开着跑车玩儿着漂移，也是迷倒了姑娘若干。

但风流倜傥白羊座的他，用后面的几十年，证明了一句“拒绝黄赌毒，钟爱她一生”。

不知道从何时开始，大家都不太相信一见钟情了，什么都可掺三分水，何况是情？B先生，在二十几年后依然说着，“一见到她那双咬着嘴唇水汪汪的大眼睛，我就迷得不行不行的。每次吵架，我只好选择不看她。看了，我就又投降了”。

一个四十几岁的人口中，说出这么煽情清澈的话，不是爱，是什么？

好多人都说，孩子是维系一段快散架了的婚姻唯一解锁；同样的，孩子也是破坏夫妻关系的一道隐形屏障。对于大部分本身就不牢固，生活理念相迥异，外加性生活不协调的夫妻来说，的确。大多数女人会因为孩子的出现，投入特别多的时间和精力在孩子身上，而忽略了生活本身。如若另一半也习惯性疏离冷漠，基本有了孩子后，所谓爱情可以正式上升为亲戚般的室友情了。

A小姐和B先生，有三个可爱的女儿，一个比一个可人。老大聪明伶俐，老二生性乖巧，老三害羞可爱。B先生对每一个女儿，都疼爱有加，常常左右拥抱幸福感爆棚。很多人会问 A 小姐：“你老公会不会有了女儿们，就会忽略你？”A 小姐总是很自信地回答：“要是会忽略就不能出来三个女儿了！我是最受宠的！”

总是在任何的场合，都让旁人羡慕不已；所有的回答，都是在撒狗粮。

很多次也有人问过他们，“为什么不要一个男孩儿？”

B 先生当众搂着 A 小姐的脖子说，“这辈子我最大的幸福，就是有四朵金花。三个女儿和我的她。不能再让她受苦受累，捧在手心都怕化了呢。我做了节育手术啦，一辈子再不会有其他，只有她。”

在场的听众，真不知道是该冷场，还是替他们快乐。他们大概不太需要别人代替他们去快乐，因为他们拥有一般人不可及的世界。

毛姆叔曾说：“**人生的悲剧不是死亡，是他们不再相爱。**”

那么最大的人生喜剧，大概就是像 A 小姐和 B 先生一样，彼此呵护，一直疼爱。

哦对了，还忘记了说，A 小姐喜欢别人叫她，B 太太。

这么近，那么远

近些年东野圭吾的悬疑小说很火，村上春树的鸡汤永远伫立不倒。

而A小姐最爱的，依然是先入为主的渡边淳一。当年风靡全球的《失乐园》，A小姐是在学校附近一个邮局边上新华书店买的，那份儿掖藏，生怕被家长发现。情窦初开的年纪，浅尝辄止地阅读这份禁区中的爱，迷茫又羡慕，向往又恐慌。冥冥中A小姐一直认为，文学作品总是大肆渲染爱情，可悲可叹，轰轰烈烈。但现实中呢，爱情却是那么的脆弱不堪一击，随便一阵小风，就摇曳了。

> 世间所有的胜败争斗，最痛苦的并不是失败之际，
> 而是承认失败之时。
>
> ——渡边淳一《失乐园》

全世界有千万情侣，各有各的故事：有的共住在同城，有的相隔山海；有的同床共枕却貌神离合，有的相隔千里却心系每刻。在一起的原因各种各样，而分开的原因也形形色色。

A 小姐兴奋地给 B 先生发她在公众号看到的《当男人爱上你的七个表现》，自己内心窃喜之余还会问他是不是全中。看不到他的脸，她却仿若总能感觉到他微笑的模样和皮肤的温度。她还会像个孩子那般，得意地告诉他，自己一直心仪的话：“不要低头，因为皇冠会掉下来。”B 先生也会爱抚她毛糙的大卷发，说：“你做我一辈子的小公主。”

其实，叫 A 小姐小公主的人很多，可她从未感受过如此疼爱。疼爱这个东西很有意思，如果不是双向的，那么就像退回去的礼物一样，不过是个贴了价签的样子货，没有半点意义。**一个人的用心与否，除了要让对方感觉得到，最重要的，你得是她想要的人。**

A 小姐的闺密，和交往了 6 年的男友分手，闺密居然半滴眼泪都没掉。A 小姐特别不解地不停盘问：“为什么？”闺密说：“哪儿来的那么多为什么，当你意识到经过了时间的流逝，一个人的出现和不出现并没有实质性的意义，这就是为什么。”

A 小姐有点儿哽咽，并不是为了这段未遂的感情，而是闺密冷得让她感到飕飕寒风那般刺骨地疼。

人们说“日久见人心”，可怕的不是见到人心的丑陋与不堪，可怕的是人丢了心。

凛子说：7 岁时，在莲花田里迷了路，日落了，心里很害怕。

久木说：9 岁时，让爸爸给我买了一副拳击手套，我高兴得戴着它睡着了。

凛子说：14 岁时，第一次穿丝袜，脚在低鞦皮鞋里感觉滑滑的。

久木说：17 岁时，肯尼迪总统被杀，我在电视机旁呆住了。

凛子说：25 岁相亲结婚。婚礼当日刚好遇上台风。

久木说：27 岁长女出生。工作很忙，连医院也没有去。

凛子说：38 岁那年夏天，我遇到了你，我们相爱了。

久木说：50 岁，第一次为女人着迷。

凛子说：38 岁的冬天和你永远在一起，永远。

久木说：永远……

——渡边淳一《失乐园》

好多人认为凛子和久木的爱是变态扭曲的，可 A 小姐觉得，他们不过是痛不欲生地想在一起而已。痛不欲生你懂吗？就是那种戳烂了心的疼，却又忍不住腻在一起的粘连。不是所有的爱情都能从一而终，也不是所有爱的形式都以相濡以沫而告终。故事中的主人公，不过是选择自己认为从一而终的方式给彼此交代。

好多时候，爱插得深了，何止是把刀呀。应该是永不停电的电烙铁吧，滚烫地燃烧，不停地灼伤。

A 小姐和 B 先生在未曾相遇的这些年，有过若干擦肩而过的足迹。他们曾走过若干条一样的路途，在同一个餐厅吃饭，喝同一款咖啡、同一款酒，喜欢同样的颜色同样的味道，守过同样不值得的人。

B 先生说：“在诸事不顺的那一年，遇到你，是我最开心的事。遇到你，我碎了。”

如若懂得碎的感觉，你就会知道，那是一片片带声响的零落，自己变得不再是认识中的自己。多年铸成的堡垒瞬间崩塌，唯留有的，是清澈如湖水般的爱。波涛汹涌也罢，平静如镜也罢，就是好像怎么给，都觉得不足够；如何爱，都觉得未曾拥有。迫切地想拥有，恐惧地怕失去。就像被砸碎的圆镜一样，密密麻麻地裂着痕。

A小姐告诉B先生，几年前的午夜，她和一个青岛姑娘一起在漆黑的沙滩，用手机的灯照着路走了好久好久，走到了一座漆黑的教堂。那晚上海风阵阵地吹，人都说6月海风略带凛冽，容易让人走心。可A小姐竟然觉得那一晚的海风，比任何男人的爱都温柔温暖。那天晚餐的食物很精美，红酒也不错，伴着浪漫的吉他，一个男孩在清唱。海边点了篝火，后来漫天的烟花。

A小姐脑子里一直重复着一句话：**“一个人再灿烂，都不如两个人的浪漫。”**

小时候很长一段时间，A小姐一直认为自己是会嫁给小龙人的，小龙人的头发是绿色的，眼睛很大。每天晚上她都可以摸着他的犄角睡去，何其安稳地过一生。18岁的那年，A小姐也幻想过自己穿着婚纱走进教堂的样子：婚纱一定不要有太多的零零碎碎水钻珠片，就是大方褶皱的大玫瑰花，长长的裙摆。A小姐会戴着非常简单的头纱，长发披肩。她一定是露着突出的锁骨和露齿的微笑的。

她的另一半看到她穿婚纱的样子，大概眼中会有泪花的，不一定是因为她有多美丽多妖娆，只为这份期待终于开花。她会慢慢地走向他，把自己交给他。

这场景就像文学作品里一样，虚拟出来的故事是飘着樱花般的淡淡香气，散落在柴米油盐里。

从卖气球的人那里，
每个孩子牵走一个心愿。

——北岛

B 先生说：“你就是我现在唯一的心愿了。”
A 小姐说：“欠我的时间呀，以后再补。”

可时间如何去弥补呢？过去的不会再回来，未来的无法去期待。

今夜愿所有喜欢气球的人，
都依然怀有期盼。

怕丢了你

好多“80后”的夜猫子，在年轻的时候都会关注一个午夜的电台节目，叫作《零点夜话》。

每到周三的午夜12点，假装早早睡觉了的A小姐就会打开那个频道，等待蔡琴的那句“是谁，在敲打我心”悠扬地出现。等待一旦满心期待，很快就会变成一种习惯。A小姐一直觉得这个栏目的名称很赞，“零点”是一切开始的起点，当一切清零，曾发生的一切，就没有任何意义了。

主持人伍洲彤的相貌并不过人，操着低沉的男音，一封封地读信，讲述一个又一个撩人心弦的爱情故事。在夜深人静的午夜，还真是让人会“问世间情为何物，直教人生死相许”。

人的感情，有时候也像琴弦那般，拨动几下就波澜四起，颤音的颤音，刺耳的刺耳，沁人心脾也就沁人心脾。

好多好多的爱情故事，好多好多的遗憾，好多好多的戳心之后又被拾起。A小姐打心眼里羡慕那些轰轰烈烈的爱情，好像狂啸的暴雨，又好像爆裂的太阳和席卷一切的海啸，嚣张袭来不可回头。

别管在天桥上歇斯底里地吵架，还是愤恨不已地离开，抑或是强颜欢笑地另谋出路。

爱就像吞咽下烈酒的那个瞬间，烧心灼喉，毕生难忘。

是谁曾说过，但凡最后分道扬镳，老死不相往来的，不过是因为不够爱。好多的人，不免多年之后马后炮地问："如果当年没放手，你最后会不会跟我走？"

没放手都未必跟你走，何况是你放弃了呢？

A 小姐曾问过她的闺密："为什么要放弃多年的刻骨铭心，选择现在看起来那么死气沉沉的柴米油盐？"

闺密说："因为人总是会选择安全地活着。"

为了所谓"安全"，就是我们总扮演着被期待的角色和样子。如果没有上高校，那是没文化的象征；如果大学毕业没找到好工作，那是不够努力的人生；如果找到了工作却赚钱不多，就会觉得矮人半截；如果工作后没有谈恋爱，那性格一定是有缺陷；如果谈恋爱不结婚，那逢年过节就会被七大姑八大姨戳死。

所以我们选择在社会中安全地活着，做一个善良的妻子，做一个二十四孝的丈夫。

A 小姐小时候，有个很小的贺曼熊，她出去玩的时候会忍不住带着，像男人带着自己的女人出行那样。时间长了，小贺曼熊的鼻子都脱皮了，绒毛也显得脏脏的。有一天在楼下玩儿，不知道贺曼熊怎么丢了，她找了整个大院子，问了所有的小朋友，都说没看到。她哭了一路回家，晚饭也没吃一直哭到睡着。那种一路陪伴着的小伙伴突然没有了的感觉，大概跟失恋差不多吧，失去，是个多么可怕的事情呀。第二天醒来，眼睛肿成了阿凡达不说，嗓子也哑了。

后来A小姐放学回家后，有个一模一样的小熊放在了她床上，爸妈对她的疼爱，从来都无人能及。可，那不再是她爱的小熊，就算一模一样也不行。因为上面没有了时间的痕迹和那长久陪伴而磨损的小鼻子。失去就是这样，之后无论怎样百般弥补，都是徒劳的。始终无法掩盖曾经拥有的那个空洞。

A小姐有时候翻看她和B先生的照片，会说："你看，每一张照片里我都紧紧地抓着你，好像怕丢了一样。"

B先生说："其实我也是一样的。"

人对于喜爱至极的人和物，总会有一种莫名的失控感。有时候觉得自己牛哄哄地可以承担失去之后的结果，可是大部分时候，连这想象的勇气都没有。

爱人们之间的肢体语言很有意思，只言片语，就能表露出一切，包括爱与不爱。

如果人会在深夜突然地醒来，满是泪痕地抽搐，那么只能说明是思念走深了。念旧的人总以为把感情放在旮旯角别人都看不到，可当银白的月光洒落下来，一切都是脆弱与透明的。

老人们都说，让我们不要尝试着攥着感情，攥得越紧，失去得越快。

A小姐并不想攥住什么，因为她并不具备任何掌控事物的能力。所以一开始她就说："对于感情，我从不想要那么多。做自己就好。"

B先生说："以前最大的梦想是看世界，现在最大的梦想是带着你看世界。如果输了你，赢了世界又如何。"

和我睡觉，我的妞儿

从爱情初始，这东西就被七分八扯地划下了各种定义。我们说，爱情是灵魂的海洛因，是情感的毒药；我们说，爱不是肌肤之亲，不是一蔬一饭，是一种不死的欲望，是疲惫的生活中的英雄梦想。

这些林林总总的定义，有时候听起来特缥缈。高楼耸立的大都市里，人群匆匆地都在挤地铁，又有谁每天心情澎湃地惦记着英雄梦想？有时候赋予太多意义的事儿，反而会越发显得没有意义。所以人们出轨，人们破罐子破摔，人们混吃等死。

有人觉得承诺即是拥有，有人觉得物质是根基，还有人觉得，陪伴才是长情。

每个人对爱，都有自己特定的理解与阐述，A小姐觉得呢，爱就应该是无条件且无须过问大脑的事儿，想给就给，给到竭尽所有不能再给。

动画片《你的名字》里说："当两个互换的灵魂就快遇到之时，他们彼此是有感觉的。"也有人说："真正相爱的人，本来就是一个灵魂，只不过住在两个不同的躯体内。"

A 小姐就是觉得，快遇到 B 先生之前的那几天，哪怕连呼吸都更换了模式。空气里弥漫着一种带有方向的味道。去哪里？不知道。未来会怎样？不知道。就是迫切地需要一路向前，不可踱步，不必徘徊。

在遇到 B 先生之前，A 小姐反复地和闺密们强调，要相信爱情的存在，但爱情，并非为名词。它总是在驿动着，随心情和时间而漂移不定。别奢望将此刻的一切卷入后半生的人生，也别老惦记不切实际的白头到老。

B 先生出现的时候，并不锋芒毕露地闪烁，也不像北斗七星那般容易被识别。可他从头到尾都是清澈的，连湖水都比不了的那般清澈见底。几句寒暄，B 先生就告诉了 A 小姐，他大半个人生所有的经历：如何苟延残喘，如何翻江倒海，如何长叹唏嘘，如何再看风云。他就是那种，无论在人群中伫立在哪里，都能让人感觉到他血液流淌湍急的男人。B 先生在见到她的一开始，就忍不住将她一拥入怀，有恃无恐地砸来霸气："我就知道，你是我的妞儿。我要和你睡觉。"

许多年前，长辈们告诉年幼无知的姑娘们，出门千万不要吃亏，让男人占了便宜。

睡觉的定义是什么，发生关系的定义，又是什么？

肢体的语言很奇特。A 小姐后来告诉闺密，这听似大胆的故事，却又真的是从传统的手拉手开始的。拉手、拥抱、接吻，这是最初始的肢体接触模式。爱人们从手心的温度和手掌的指纹摩擦中，去感觉彼此，掌心窝的温度徐徐上升，连心的十指紧扣，瞬间兴奋至大脑及心脏。缓慢抑或急速地发展至拥抱、拥吻。性爱是身心交融的最后一步巅峰，在彼此互换体液之时，他们触碰到，且小心翼翼地捧住对方的灵魂一前一后地颤抖。

像暴风雨一般，席卷世界之后的狼藉和宁静，正如两人不忍撒手的灵魂。

B 先生说："就是想好好地抱着你睡一觉。"

A 小姐做了各种充足的准备，生怕这场具有意义的睡觉会失眠到天亮。结果她瞬间倒在他怀里，大脑一片空白，肢体全无力量。

原来睡觉并没有大家口中所述的那般肮脏和随意，这更是一个归属仪式。

> 冬子就像经过了一次漫长的航海归来的小帆船，
> 静悄悄地把锚抛到了贵志的胸膛上。
> 在身体里还残存着旅途后的轻微摇摆，懒洋洋的怠倦布满了全身。
>
> ——渡边淳一《红花》

你是否会惦记一个人，就连抱着她时都会梦见她？

sequence

惴惴不安

太久不写字，那天看到这四个字，居然想不起来怎么念。chuai？ tuan？记忆这东西，如果搁置了不被拾起，就真的生疏了。

象形的中国字，就算忘记如何去发音，却依然能感觉到字里行间强大的气场。如往事那般，有时候以为遗忘了，不经意地想起依然会有掐住喉咙的肿痛。看到这四个字，立即能感受到那心脏七上八下浮动，屏住呼吸要崩盘的窒息感。

那么，惴惴不安感，到底是什么？

A小姐小时候，学习成绩很不好。每当期中期末考试完毕，老师公布成绩的时候，她就会特别紧张。两个手心不停地冒汗，祈祷着不被批评不被点名，幻想时间可以瞬间扫过。她没有想到若干年后的今天，时间变成了一种弥足珍贵的奢侈品，她害怕听到时钟嘀嗒作响的声音，因为，时间的步伐说明了要分离；又因为，时间逝去真的不能再回来。

B先生从来就是个天不怕地不怕的娃娃，小时候打架了回家，就算被暴打一顿，也向来是硬气的。他从来不认自己没有觉得错的错误，更不爱觉得没有必要爱的人。他给人一种莫名的凛冽感，A小姐的闺密都说，他不笑的样子，有点吓人。

可A小姐从没觉得他冷漠，他老是会眯起眼睛，看着她笑；他收起了一切的粗枝大叶，为她，变得贴心温柔。

大家老说，暖男暖男。可暖男是什么呢？真正的暖男反而有比他人更阳刚的脾气，不过是放下架子和底线去爱了。

A小姐是个性子很慢的姑娘，读书的年纪听到自己没兴趣的科目总是整个人变得很游离。不管老师在讲着什么，她都可以完全抽离。大多数人觉得她很笨又很慢，其实呢，她不过是活在自己塑造的世界里，灿烂斑斓着。很多年前，A小姐看过一个自闭症儿童的画展，非常震惊。那些看似与世界脱节的自闭症儿童们，使用极其鲜艳的颜色和无法预知的抽象表现手法，塑造的美丽犹如彩虹横扫繁星点点的星空。

A小姐自从和B先生在一起，经常会有种不曾出现过的忐忑感。老是数着能相聚的时间，老是琢磨对方的喜好，老是担心自己做得不够好。A小姐的闺密，喝大了歪在她家沙发上，看着A小姐目不转睛、手机不离身的样子，狠狠地咬了口杧果干说："真没想到你也有今天。"

所有B先生离家出行的日子，她都是惴惴不安的。

大多女人，在任何一个时间都会担心男人出轨，A小姐从不会。不知道他晚上睡觉光着膀子，会不会老踢被子肚子着凉？他的肠胃不好容易受寒却又贪凉爱喝冰镇啤酒。不知道他每天抽多少根烟？早上起来他的声音会很沙哑，伴着两三口浓痰。他喜欢早上喝茶，可又老是不吃早餐。他有时应酬会喝得酩酊大醉，有时候不应酬，也把自己灌醉。

B先生说，每每离家他也同感不安。因为没有她，夜是如此地长，难以入眠。

有时候，是那种等待被宣判的不安；有时候，则是抓耳挠腮的牵挂。

> 生命本来就是悲伤而严肃的。
> 我们来到这个美好的世界里，
> 彼此相逢，彼此问候，
> 并结伴同游一段短暂的时间。
>
> 然后我们就失去了对方，
> 而且莫名其妙就消失了，
> 就像我们突然莫名其妙地来到世界一般。
>
> ——《苏菲的世界》

都是因为太想占据，才老觉得落了单；不过是因为害怕失去，才惊慌失措地攥住。

谁不曾想要，在这个孤独冷漠的世界，喝最烈的酒，抱着深爱的人。

不再有深夜突然醒来的惊恐，不再有靠墙背后划过的冰凉，不再，惴惴不安。

一辈子的朝圣

最近上映了部电影叫作《冈仁波齐》(*Path Of The Soul*)，讲的是尼玛扎堆等11个藏族百姓在朝圣神山路途发生的故事。真实的街头外景、住宅民房、蓝天雪景，纪实效果极强。

A小姐知道冈仁波齐这四个字，还是因为B先生。冈仁波齐，是藏语“雪山之宝”的意思，好多教徒把它认为是世界的中心，它也是佛教的第一神山。虔诚的信徒们认为，转神山一圈可以洗尽一生的罪孽。

A小姐不是佛教信徒，年轻的时候她一度极端地唯物。她不太相信所谓轮回或者前生今世，更不觉得上帝真会安排相遇和分离又再次救赎。如果谁真的犯了滔天大罪，可不一定是转一圈磕几个头就能解决的。好多时候，人不过是做一些让自己心里好过的事儿，来慰藉难缠的内疚、填补无底洞般的空虚。

英国作家乔伊斯写过一本《一个人的朝圣》，曾经一度风靡，讲的是一个碌碌无为的人一生不被认可，因一个即将病逝的友人决定去送信，怎知徒步竟达600多英里。作者说：“出走，是为了遇见另外一个自己。”人有时候，因为心里面掖了个事儿，便会不依不饶、无法自控地做出奇奇怪怪的举动。所谓另外一个自己，就是没有勇气去了解的自己。

如果你许了愿，
请按照你许愿的步伐走。

——电影《冈仁波齐》

B先生说过好多次，“有人都会形容女人像鲜花、如大海；可我总觉得，你是一座很难攻克的大山”。

A小姐总是露出不解的神情：“为什么呢？我是温柔的呀，怎么会像一座大山？”

他说：“正是因为你柔软又刚强，内心庞大又闪光。就好像神山冈仁波齐那样，上面积了厚厚的雪，有缘的人才能看到你金灿灿地发光的样子。”

A小姐觉得，这是她听过最另类最特别的情话，难以解释却直戳内心。原来人们说的“遇到爱、遇到性都不可贵；懂得才是最难能可贵”这话一点没毛病。

冈仁波齐很高，主峰海拔6656米，常年被白云缭绕，很难目睹其真容，顶峰终年积雪，威凛万峰之上。它是高傲的，永远高高地昂起头，耸立在阿里普兰高原上。

A小姐至今依然很唯物，从不算命也不祷告。但她始终相信爱情，相信人们结婚时在牧师面前的宣誓——“无论贫穷还是富有，无论健康还是疾病，我都爱你、尊重你、接纳你，直到生命的尽头。”

也许A小姐一辈子都不会去到冈仁波齐，也许她一直不会有时间看这部电影，也许就算看了，她也未必能走进一个虔诚朝圣者的精神世界。但是，面对不移的信念，她却曾双掌合十高举过头顶，一次一次地弯下腰，祈求他平安的归期。她对他的朝圣，又何止几千公里？是一年的365天，是每天的24小时，是连睡梦中都紧攥的怜惜。

唯物的A小姐学会了感恩，她感谢命运的这场安排，磨平了她所有的棱角；感谢B先生出现在她的生命里；更感谢，他决定不离不弃。

他就是她的冈仁波齐，她用一生一世的时间，去转山去朝圣。

你在躲避什么
你在挽留什么
你曾经下跪
这冷漠的世界　何曾将你善待

能不能　彻底放开你的手
能不能　这么义无反顾坠落

就让我　来次透彻心扉的痛
都拿走　让我再次两手空空

——朴树 *No Fear In My Heart*

s e q u e n c e

再见，我的爱

人生浮浮沉沉，我们说，不同时间，不同的人出现在你生命里，不过是为了给你上课：让你更好地活着，或者，更痛快地死去。宫崎骏说，人生就像一程火车，上上下下的客人很多，很难有人陪你走到终点。

年轻的时候，我们总会把爱情放在最不可侵犯的制高点，可以节衣缩食，可以废寝忘我，可以不要命那般，去追逐。

A 小姐的闺密说："这个年代，估计也就只有你把爱挂在嘴边，并且真心相信和付出了。"

心理学家告诉我们，所有的爱情，都会经历初始的悸动、启蒙般的顿悟，抑制不住的狂喜高潮，直至最后相安无事的平淡。维护得好的，生命线长一些；维护得不好的，中途草草夭折。A 小姐一直以为，她是用生命来呵护与 B 先生这份爱的，好像捧在手里的一掬清泉，光亮地反射皱起来的手掌纹路，生怕有任何缝隙疏漏了爱。

他们并没有许下海枯石烂空的诺言，他们彼此许诺坦诚，直至最后。爱情这东西，有时候就像云雨那般，时而瓢泼、时而缠绵、时而雷电轰顶、时而憋闷难落。谁也不知道什么时候雨会从天而降，也没人能预测乌云何时可散。

那天的天空明明没有下雨，一整天的艳阳。A 小姐晚上收衣服的时候，还使劲闻了闻衣服上满溢的暖暖阳光味。B 先生告诉她："对不起宝贝。"后面还有好多的缘由和借口，她只是突然想起了一首歌，是郑钧的《灰姑娘》，不停地 repeat repeat。错误这个东西，看要你如何定义，如何面对。

他曾说："想带上她私奔，做最幸福的人。"

后来他说："你还是我的爱。这是一时的冲动，并不夹杂任何感情。"

五雷轰顶一般的耳鸣持续了若干小时，B 先生的声音，仿佛消散在不停回放的那首歌里，无影无踪：

我总在伤你的心
我总是很残忍
我让你别当真
因为我不敢相信

我愿长醉不愿醒
我曾经忍耐
我如此等待

——郑钧《灰姑娘》

A 小姐脑海里还盘旋着，曾经他捧着她的脸说爱的表情，他眉头略皱，严肃又真实；B 先生肌肤的温度，他们翻云覆雨的模样，曾经牵手走过的那么多条大街小巷……倍感真实的东西，是否过了当时，也就不再是事实？她是应该相信自己？还是相信对方口中诉说的他自己？

凌乱。那么没有维护好的瓶颈期，到最后只剩凌乱。

他说：“我知道你不开心，我知道伤害你了。可我们一开始说好了坦诚，不是吗？”

她想说，并不是坦诚与否，坦诚很重要，坚持更重要。是这面清澈得发亮的圆镜，一下子有了裂痕。抚摩上去顿感心疼，抚摩过后满手划痕，鲜血流满了整个镜面，心脏像进入了搅拌机一样，血肉模糊。A 小姐爱的，也许并不是他的深情，因为他就从来没有深情过。她就是爱他一脸爱谁谁、桀骜不驯的样子；也正是这款样子，最后狠狠地戳了她。

有时候就是因为爱得过头，所以才给了对方充分去伤害你的权力。不是那种守候了一夜没有看到日出的失望，是那种期待的日出并不是内心期盼样子的癫狂。

她说：“再见了，我的爱。也许你还没有长大，也许你还不懂爱。原来我们真的活在不同的世界里。爱对我来说是清澈透明、坦诚唯一，神圣不可侵。一时的疏忽，瞬间的杂念，抑或事后的悔过，都无法重建摧毁掉的坍塌。坚持这一路很不容易，我们走得都很辛苦。但是再见了，我的爱。”

她转身离去，不再像曾经小别那样一步三回头。泪水满溢，回忆和未来被撕个粉碎，捂住伤口都不足以掩饰落荒而逃的模样。

可她不再回头。

s e q u e n c e

疤痕体质

据说，疤痕体质的人，哪怕是蚊子咬的包被抠破的坑，都得需要三冬两夏的时间，疤痕才能消失。三冬两夏，那是将近三年的时光。小的疤痕会有个深深的印痕，大的呢，则会有不规则的突起，严重点的话会像一条肉虫子那般，在展示丑陋的同时狠狠地诉说着受伤的曾经。

曾经，对于当事人来说，有时就像一张写满了和自己有关的事儿的广告传单，随风肆起，满世界飘扬；有时候呢，又像压在胸口的巨石，随着呼吸的起伏隐隐作痛。最近鳄鱼牌有个广告，一个男人一直在奔跑着追逐一个女人：穿过列车，跨过时空，他不停地奔跑，一次次地失之交臂。最后他们终于在列车中相见，拥吻。最近还有个品牌广告说："追逐梦想，是需要用跑的。"嗯，人生中我们都在不同阶段，或多或少地追逐着：真爱、梦想、仕途、钱财，许多许多。

A 小姐身上，至今还挂着两年前沙滩比基尼胸围的一条绳子线印，和每年夏天形成的若干个疤痕。B 先生曾无数次地轻抚着她的伤口，说："没想到你一个弱小的女子，竟然比一个男人都疤痕累累。"她默想："因为不是所有的人，都具备与生俱来被宠爱的幸运。这一路过来的风风雨雨，疤痕又算什么呢。”

B 先生说，许多人年少的时候，会特别努力地追逐梦想，跑得大汗淋漓，付出得呕心沥血，在脚步倒腾中忘记了自己的初衷，在急促的喘息中不再愿意坚持。他说：“那感觉像一条烤干了的鱿鱼，被社会被别人咀嚼得津津有味，自己却连苟延残喘的力量都没有了。”

对于一个生性大大咧咧的人来说，再平坦的路，也说不定会走得踉踉跄跄。这个姑娘老是学不会小心翼翼，也不知道怎么有计划、有目的、不失败地盘算好自己的人生。经常是一不留神出溜远了，自己都忘了该怎么原路返回。A 小姐是幸运的，命运中总能遇到顺势的潮涌将她一巴掌扣回岸边，即使在风浪中呛了若干口咸腥的海水，泪水和浪花如何模糊了眼睛，她始终能回到原点。

伤痕这东西，有时候驻扎在心里，就像没有人知道鱼到底有没有眼泪一样。

坚强的孩子，是不可以犯错的。
坚强的孩子，是不配被心疼的。
因为你什么都可以，因为不会嘤嘤地撒娇，也不会哀怨。

怨妇是不会被人抛弃的，因为她永远都那么可怜。
泼妇也是不会被指责的，因为她骄横跋扈。

哪儿来的那么多所谓一辈子的疼爱，宠你爱你一生一世。那是爷高兴时候随意说说的。

有疤痕的人，只是不够幸运。

——A 小姐

心灵鸡汤里一直告诉我们，一个真爱你的人，是会跪下来舔舐你的疤痕，然后一把把你搂过来，告诉你，在我没有出现的日子，你受到的伤害，现在都由我来抚平和疼爱。

心灵鸡汤确实让大多数都市女青年撑个半死之后才发觉，真心是甜蜜地在扯着淡。哪儿来的那么多岁月静好，哪来的那么多“你若安好，便是晴天”。

谈恋爱是一个互相拔刺的过程。每个人的真心都躲在刺后面，你渴望被了解，就得先拔掉自己的刺，你失去了武装，但你也没有了阻碍。等对方扎疼你，等对方也拔掉了自己的刺。

那时候，你们就可以赤裸拥抱了。

——宋小君

有些男人，在人群中是完全让人找不到的；而有些男人，在再多人中，也能闪亮地让人过目不忘。可不要忘记，多数闪亮得很耀眼的，都带着刺。带着刺的，都扎得疼。关键是你还得拔了自己的刺，让对方扎，扎完了，自己再拔掉刺处理伤口。

B 先生就是那种棱角分明，满身带刺的男人。他会像《大话西游》里说的那样，是个盖世英雄，踩着七彩云来到 A 小姐的面前，带着十八般武艺和各种的兵器去保护她。因为她就是一切。

B 先生说：“所有的事情，都会有缝隙的，路途、生活、情感。”

A 小姐说：“对呀，有缝隙才会有跌倒，跌倒了我们才会爬起来前行。”

B 先生说："我希望填补我们之间的缝隙。"

A 小姐说："就好像铺公路那样。"

B 先生说："嗯，就好像铺路那样，踏踏实实的，一步一个脚印。不要再腾空，也不要再天马行空。从此走的路，每一步都算话。"

我不在意你是疤痕体质，但我在意我出现之后你所有的伤口。

如果这都不算爱，那么爱，又是什么？

sequence

真实

小时候旅行的意思就是每一次春游，可以带着很多好吃的，和同学们欢聚一起。虽然学校组织去的地方永远是鸟不生蛋也记不住的地儿，但因为相聚的时间和这特定时间里会发生的奇闻趣事，旅行，被莫名地赋予诸多美好。

慢慢成年，我们的世界开始变得宽广，旅行的意义变为“看世界”：要去没有去过的地方，体会决然不同的风土人情。每一次出行，都是一次目标的达成，然后沉淀休息再回味，给自己再加码。当然，我们开始非常愿意将情感赋予在旅行里，和志趣相投的友人，心爱的人，共同欣赏一份难得。

这个看起来不起眼的情愿，却是人生终点的觉悟。很多时候，我们和以为志同道合的人出行却不欢而散，我们和以为是真爱的人旅游却鸡飞狗跳，慢慢地，我们选择独自出行。

独自旅游最惬意的地方就在于，可以随自己的心走走停停，可以遇到很多出其不意的事，大部分的意外到最后都可以迎刃而解，能听到有趣的故事，遇到有意思的人。大家不是老说，漂亮的脸蛋很多，有趣的灵魂难寻。等出了门你会发觉，有趣的灵魂，还是有很多飘散在外的。

旅行特别大的魅力，除了风景人情带来视觉和触觉的冲击，一切经历着的，都让人倍感真实。真实是现代生活特别难得的一种奢侈品，让人觉得活着可以如此美好。

其实这种真实并非真实的，尤其是在一切结束后。

米兰·昆德拉说：“这是个流行离开的时代，但我们都不擅长告别。”大概在他那个年代，告别是一种很尴尬且痛楚难掩的事情。现代的人们会随便拉黑一个人，会突然消失，会杳无音信，更会当一切都没有来过。这里面没有半点尴尬和不擅长。

旅行归来倒完了时差的A小姐和闺密说：“想了一路的水煮鱼、火锅、包子、饺子、馄饨、煎饼，突然丧失了一切吸引力。竟然想念早餐的烤面包、煎鸡蛋、黄油和就吃了一次的果酱。**爱情，是这世间最无用的东西，却威力巨大。**”

闺密说：“那当时呢？”

A小姐眯着眼抿着嘴说：“无论白天发生什么，每天最好的感觉，就是起来之后的第一口咖啡和晚上熄灯后贴在他肌肤那一瞬间的暖。抚摩着他后背的线条，轻闻着他的喘息中特有的味道，是这辈子经历过最简单的美好。没有什么，比这更让人心安和雀跃的了。”

习惯了漂泊的人说，心安之处便是家。可有些人会说，是因为，你们选择了漂泊。

人生最有意思的地方就在，遇到懂得的人，不说都能通。不懂的人，你把脑仁儿掰出来吃也没有什么用。

分离并不是可怕的，最可怕的是朝夕相对的渗透之后，再刻骨地分离。

她说："回城那天，感觉是这辈子最无力的一次降落。全身发软，头晕目眩，感觉整个人像瘫痪了的软面条，寸步难行。想到不久的将来还会不停地启程又降落，回归再离开，好像突如其来的大雾，没有方向。"人在看不清路的时候，总是恐惧的，恐惧在于，你并不知道自己在恐惧什么。

家在哪里？
你在哪里？
而我，又要在哪里？

B先生说："傻妞，这就是人生啊。分分合合，月亮还有阴晴圆缺呢。"A小姐很想做出一个他期待中铿锵女子的样子，可深呼吸时吸进鼻子里的潮湿空气混杂着他的味道，心情瞬间决堤。

对啊，这就是人生啊。**我们总要活着或者继续做那个自己并不喜欢或期待的角色，然后继续下去。**

无论怎么样都继续下去，这才是真实的。

B先生说："现实生活和想象世界是有距离的，现实很残忍，想象很美好。这中间的落差越大，失落感越强。"

A小姐很想问："那么我们经历的，是现实中的幻想，还是想象中的真实？"

熟悉是个可怕的东西，它会让哪怕才不经意刷牙的瞬间，都能被回忆唤起，当然，记忆都会有淡去的一天。

临走前A小姐张罗着要去超市买食材做饭，到了超市，她愣了几秒：原来自己会做的事情那么多，原来世界上有那么多美好的食材，可以一起分享和品尝。年轻的时候，A小姐觉得爱情应该是猛烈和狂热的，最好是那种瞟一眼就可以撂倒的猛烈。年轻人都跨在“你爱不爱我，你爱我还是爱他更多”的门槛，找各种借口，夜夜笙歌。年长之后，爱变得缓慢且卑微。大概是如此，才会出了那句“喜欢是放肆，爱是克制”。

三顿饭变得如此弥足珍贵，买少了怕不够，买多了怕浪费。就像步入中年后的时间那般，嘀嗒作响，去了不再回来。

有人说，**相爱就是拔刺的过程，你先拔掉自己的刺，学会被对方扎；对方再拔掉他的刺，回来拥抱你。**离别的时候，A小姐和B先生背过身去，又穿回了彼此迎战世界的盔甲，插满了刺人的荆棘，做回未曾遇到彼此时的自己。

他说，我们还会重逢，我们还会在一起。

她说，我不知道应该说些什么。

一切都显得无力。

A小姐告诉自己，要省点时间去感叹孰是孰非，“爱情为什么是这样”“人生为什么是那样”。**洗洗睡吧，这才是生活中最真实的部分。**

我们曾经都渴望着被通知生活的灾难与不快，以便尽可能降低真实感的伤害性。怎知，自己经历的已经是最真实的。

一阵瑟瑟冷风。

却道天凉好个秋，

好个秋。

s e q u e n c e

锚地之光

你听说过锚地吗？英文叫作 anchorage，指的是港口中供船舶安全停泊、避风、海关边防检查，或者卸载货物的水域。锚地是一种水域，要求底质为泥或砂质，要有足够的空间，不得妨碍其他船舶的正常航行。它不像港口那般庞大，不是交通枢纽。夜晚在飞机上往下俯瞰，锚地很美，星光点点地忙碌，一闪一闪的灯光。

锚地始终是个作业的水域，不得妨碍其他。它的面积因锚泊方式，船舶数量或尺度而定，也由风浪和流速的大小而定。海上有很多很多的锚地，它们都闪着忽闪忽闪的光。

这个世界上有很多幸运儿，天生丽质、父母疼爱、学业有成、一路被宠爱。这个世界上也有许多人，像锚地那般，闪烁着自己的善良，被摆布、被安排、被通知，他们从来都不重要。

每个人都有与生俱来的能力，也有从小就迷恋的情结。A 小姐，打小就迷恋着海，爱着星空。小时候她幻想自己未来的先生是一名海军军官，帅帅的穿着制服，归家的时候，一把搂她入怀。就像微信表情包里的兔斯基那样，捧着一颗小心脏，吻个不停，爱不释手。

这么多年她收集了好多好多有“锚”标志的东西，总觉得那是一种呼唤，一种归属。

A 小姐很小的时候就喜欢对着海浪冲过去，感受浪花拍打在肚皮上的感觉。大人们告诉她，把海螺放在耳边，就能听到海浪拍打礁石的声音。于是她真的把海边带回来的海螺晚晚都放在枕头边，贴得紧紧的，翌日起来脸上印满了各种褶子。B 先生告诉她，浪花不但会拍打岸边，还有回涌。回涌会激进地和浪花互相撞击，卷在一起。

好像他们一样。撞击又融合，相聚又分离。

看早起的日出，听傍晚的潮汐。她愿意去用自己生命乘以十乘以百的时间，去交换和他拥抱的片刻。

浪就好像时间，反复地拍打。但是浪始终回流于大海，时间一去不可回头。海水果然是盐分高的，杀在伤口上，生生地刺痛。

她喜欢用干燥的嘴唇去轻吻他背后的汗毛，使得他毛孔直立，一根根竖起。A 小姐说：“你战栗的那一刻，就好像看得到的时间，可以让我近距离地亲吻逝去的、每一个不属于我的分秒。”听起来很拗口，没有半点儿不对。

亲吻一切见不到的岁月，一分一秒。

世界上每一个地方的机场都不同，每一个地方的机场却又都很像。接机的人，满脸欣喜，送机的人，只剩惆怅。

“从今天起要快快乐乐，

“努力运动，吃得健康。

“每天都要看到自己开怀大笑，不再有违心的胡说八道。”

她在笔记本上，写给自己。A 小姐告诉自己，她应该是一个带给 B 先生快乐的人，不应该让他心疼。或者说，如果他不开心，她比任何一个人都心疼。

爱情最大的威力，就是自己疼得稀巴烂，竟然还是舍不得对方半点儿不愉悦。

他们飞往同一个城市，他们飞离同一个城市。他们又要分离，他们即将会再见。人生大概得失各半，老天给了他们感受如此强烈的幸福，就要接受撕心裂肺的痛楚。

他每次都想说，真的不想再分开了；
她每次都想骂句脏话，真 ** 的难受；
每一次，哪怕是涌上千言万语她都忍住只是拍拍他的肩膀。
转身离去。

人生到底有多少个百转千回呢？没有人知道。有些人我们说了再见，结果就真的再不见了。有些人我们总能见，却，不知道能见多久。

再多的言语，都不及一句“我爱你”。爱情并不是可圈可点的，也不是一直美好地发着光。难言的痛楚，苦涩的委屈，不能抱怨的心酸。如果不是每一个脚印都踏在一起，你很难体会。

也许有一天，不会再那么撕心裂肺；也许有一天，他们终将会释怀。可以坦然地面对分离，可以大踏步地向前进。

她说着一切励志坚强正能量给自己，到最后让自己哭得像傻子一样。不再发朋友圈，不要让他，再观测到自己的起伏。让他觉得，自己是快乐的。

前几天土星探测器卡西尼号在发出最后的信号之后，飞船像碎片那样爆裂开来。烟花绚烂，粉身碎骨。被人们称为太阳系里最伟大的一次谢幕。真的不是所有人所有事，都能那么壮观地告别。

有人说："小舟从此逝，江海寄余生。"

A 小姐说："**钟爱一生，不留残余。**"

每个人都有自己的选择，漫漫长路的人生，有些人选择了一路索取，有些人选择孜孜付出，还有些人呢，选择观望，你给我一点，我再掂量一下，给你多少。

A 小姐的闺密说："也怪了，世界上居然有你这样的愣头苍蝇，就喜欢跳坑。这不顾一切的劲儿，像谁？这个年纪了又是何苦？"

A 小姐说："你见过锚地之光吗？当你坐午夜的航班，向下张望城市，海上星星点点一闪一闪的，映出忙碌。可锚地只是一种水域，它的面积有限，范围有限，它并不重要。"

它很美，闪着光。

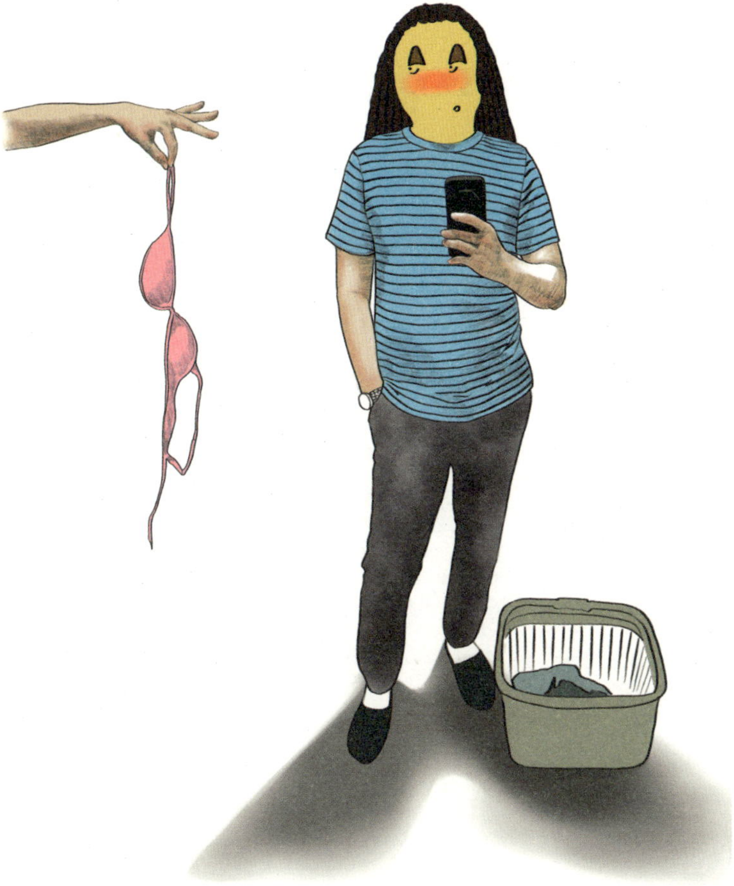

sequence

人鱼小姐

儿时大家都听过美人鱼的故事吧？其实至今人类也无法证明美人鱼到底是否真实存在。有太多太多的传说，最古老的版本是美人鱼为了救自己爱上的人类男孩儿，和巫师交换了声音。等重见复活的爱人那一刻，她能做的竟然唯有哽咽。

还有人说，在某某国度的海底发现过美人鱼的骨头，美人鱼其实是食人鱼，她们会在暮色降临的时候浮上水面，用美色勾引航海的男人们，然后让他们掏心掏肺付出一切，最后船沉海底。

A 小姐很小的时候就很迷恋美人鱼，喜欢她鲜红色的大卷发和纤巧灵动的鱼的身躯。小时候楼下的小花园里，埋葬了很多她心爱的小金鱼，上面插着很多冰棍儿条做的墓碑，每一个都写着名字。有人说，应该把金鱼冲进马桶里，这样它们就会顺势回流到大海重生。小时候的 A 小姐，并不能理解死亡这个概念。她总觉得，顺着瓷砖马桶被卷进去的感受，一定不是小鱼想要的。所有的不美好，都不应该发生。小孩子啊，总是觉得自己不想要的，就不美好了。等长得多大才能明白，不是不想要的就不美好，而是想要的、不想要的都没有的时候，那才叫不美好。那时候的 A

小姐也不懂，溺爱，是会溺死小鱼的，过度地喂食，才造成了它们的离开。

每次都把眼睛哭成金鱼，还在思考，明明鱼水晒了太阳，明明按时喂食，为什么，它们还会走呢？**年纪轻轻的时候总觉得爱就是无止尽地给，也不问对方是否需要。**

无止尽地付出，有时候对对方来说，反而是一种溺死般的掐喉。你要知道他想要什么，需要什么。你更要知道，什么时候才适合出现，什么时候才方便去想念。爱不再是任性地放肆，而是克制。

> 所有活着的人类，都是海里的一条大鱼；出生的时候他们从海的此岸出发，他们的生命就像横越大海，有时相遇，有时分开。
>
> 死的时候，他们便到了彼岸，各去各的世界。
>
> ——《大鱼海棠》

《大鱼海棠》这部电影里有很多宫崎骏和美版《美人鱼》的影子，但即便如此，这是一部有灵魂的电影。爱与坚持，付出与牺牲，成全与放手。A 小姐反复看了三四遍，一次次地被感染，一次次地泪流满面。好多时候，成全是比腻着说“我爱你”更大爱无疆的行为。简单的“你快乐就好”，涵盖了多少心酸和忍让。

某天，艳阳高高地挂在天空，刺眼得戴着墨镜都需要眯起眼睛。海边一片波光粼粼，海浪有节奏地拍打着岸边的礁石。粘在礁石上的贝壳碎片，被阳光照得闪闪发光，好像美人鱼尾巴上的鳞片，一片又一片。

A 小姐搂着 B 先生，突然说道：

“此刻，我应该从海中涌现，摇动着五彩的尾巴，嘴里叼着戒指问你：‘男神，你可否嫁给我？’”

这大概是一个特别无聊又无趣的冷笑话，冷得大家瞬间冷场。

她只是，一路走来看到拍婚纱的情侣爱人们，不禁被幸福感染；她不过是想到，自己也曾拍过好多次婚纱的片子，可从来都没有新郎。她不喜欢好多婚纱里面丁零当啷的设计，又是珠片又是珍珠又是水晶。不需要太多累赘，不然在沙滩上奔跑起来，很麻烦。婚纱应该是齐胸且露出肩膀的，有个简单的拖地长裙摆，拎起来就跨大步，不妨碍她跳到他身上。他看到她的时候，会像《27 套礼服》的那句台词那样，“笑得像个傻瓜，一把抱起她，深深地吻，不愿停下来”。裙摆上有可爱的大朵玫瑰花，装饰部分就此作罢。戴个简单的头纱，她齐腰长发高高地梳起，露出她突出的锁骨，笑起来捧住花束的时候整个人窝成一个心形。

当然这都是幻想中的样子，从未曾真的发生过。

人们都喜欢看美人鱼婀娜多姿的样子，却少有人知她为爱牺牲了声带的故事。

五彩扇动的大尾巴，那大概是她最努力的挣扎。缄默是这个世界上最用力却也最无力的抵抗。所有歇斯底里的呐喊，都不曾也不会被听见。

她突然想到电影《女王》里面的一句话：

“That’s how we do things in this country：

quietly，with dignity.”

（在这个国度，我们处理事情的方式是：悄声无息地，带着自尊。）

嗯，悄声无息地，带着极大的尊严。

灰色是不想说，蓝色是忧郁。

而漂泊的你，狂浪的心，停在哪里？

粗茶淡饭，食之有味

前几天有个特别火的帖子，叫作《外卖，正在毁了我们的下一代》。内容讲的是环保，大概意思就是外卖的塑料兜子、盒子、一次性的筷子，这种不良性的垃圾会愈来愈多地堆积成山，污染未来的环境。

孤独图书馆的公号里面推了篇文章，讲到一部很老的电影《饮食男女》，里面有段话写道：

> 你知道，那样的生活是假装的，那样的感情是塑料的。
> 美则美矣，毫无灵魂。
> 所以，食之无味，于己无关。

这年代去米其林星级餐厅是个很高大上的事儿，大厨们会将饭菜当成一个艺术品，美味之余更精心雕琢。呈现在眼前的总是有噱头的工艺，吃到嘴里的，是白花花的银子。

有部黄渤演的电影，叫作《蛋炒饭》。讲的是改革开放初期那一代的人们，为了钱、为了名、为了利益，也有什么都不为了地追逐梦想。有人成功，有人衰败，有人一直在迷茫。做一盘散发着浓浓的蛋香，谈不上色泽的蛋炒饭，散发着浓浓的蛋香并不算是件难事儿，可一直坚持做，很难。

A 小姐曾经是一个支持速食主义的人，一杯咖啡一个三明治，可以让一个吃饭很慢的人在有效的时间内完成“用膳”这个任务，然后节省下来好多额外的时间，忙碌又充实。

充实，有时候在某种意义上，是主观地强迫自己被琐事填满而停止思考。

A 小姐曾经也是一个不介意吃外卖的人，新时代新媒体的当下，各种软件提供着方便，可以在累劈了的归途中闷上一觉，到家就能看到新鲜热辣的晚餐。过上几天你绝对想不起来这一晚吃了什么又扔掉了什么。正如没有质量的生活记忆一样，随着时间的浪潮一浪就打没了。

曾经有本书叫作《爱，就是做很多很多顿饭》，圈里风靡一时。其实不过就是讲盘子和餐桌摆设的。A 小姐当时完全不能理解，吃饭的盘子不过是个工具，什么时候变得那么需要格调呢？吃到肚子里的东西，到最后不也都是混杂在一起，何必那么在意呢？

一顿美好的饭菜，真的是能让嗅觉视觉和味觉同时达到高潮的。

满满食物的冰箱，也是很有安全感的。

原来生活中，有种可贵的感觉叫作“期待感”。

A 小姐自认为自己并不是属于厨房的人，不过是曾经独立生活的时候没饭吃，学做几个菜填饱肚子。一切的不在意和不能做，都止于遇到他的那一刻。

某天下班回家的路上，电台放着辛晓琪的《味道》，几个主持人纷纷扬扬地讨论起“家的味道”——难以形容却不可复刻的味道。

A 小姐的双眼，顿感湿润。她想起所有妈妈在身边的日子，她宁可饿得前心贴后心，也不在外面凑合吃半餐。因为知道在家等待的母亲，总会准备一桌子的饭菜等着她回来。无论她再怎么央求着说少吃点儿需要减肥，也是无济于事的。妈妈总是把她撑个肚皮浑圆，还问：“今天买了你最爱的水果哦，要不要呀？”

那不是一种“繁华绚丽”的味道；
那是很多时候，我们无比想念的味道；
那是再多山珍海味，也比不上的味道。
那是，爱的味道。

刚认识的时候，有天聊天 B 先生无意间发了一张自己做的汤面的照片给她。A 小姐顿感失色地问：“你还会做饭啊？”在她看来，他这样的男人，应该是一辈子被女人照顾和迁就的。有些男人就应该是上天的宠儿，他可以在自己的国度和世界为所欲为，任何一个时间，都可以被照顾被体恤。

莫名其妙地，A 小姐不太喜欢和他一起吃外卖。这是一件非常没有仪式感的事情。即便是把外卖盒里的每一个菜都扣在家里的餐碟上重新摆一遍，感觉依然是不对的。她并不是一个在乎形式的人，所有的节假日可以都不过，纪念日不被记得也可以没有礼物没有大餐，因为这都不是生活的重点。眼镜可以脏到完全看不清楚了再擦拭，黑色的衣服上永远都有早上的牙膏渍或防晒霜，她是不拘小节的。可看着塑料盒子里闪闪发光的油，一次性的碗筷和饭后的烟头被打包在垃圾袋里的模样，那一刻她默默地告诉自己：我的男人，不应该吃外卖。

她开始享受准备饭菜，一刀一刀地切着食材，准备就绪后一道一道地煮食下锅的过程。这是一件多么有仪式感的事情。A 小姐想到，父母那个年代的人们，会在下班回家的路上，飞快地蹬着自行车，期待着家里的饭香。

她做饭的时候，B 先生会像一个不知所措的孩子，隔一会儿就跑过来问问需要不需要帮忙，当被打发走了之后，又扬扬得意。在她眼里，他从来就是个没长大的孩子，摸着后脑勺就能睡着，发脾气闹别扭，一个拥抱就能好。你听说过那句话吗？一个人越是在某个方面不可爱，说明他越缺失。A 小姐就是本着这个原则，无所收敛地倾倒给他好多好多的爱。

她喜欢把临上桌的饭菜，摆得很美丽。这样能和他在一起吃的每一餐，多少能靠视觉和味觉里留下一个小小的印记。她觉得她做的饭，是有灵魂和爱的。

B 先生又跑过来问："我做点儿什么才好呢？"

她揪揪围裙擦把汗说："你坐着吧，饭菜马上好。"

又要离家了，她端上一盘热热的饺子，老人们都说，上车饺子下车面。

希望他平安归来。

三十有六

貌似 36 岁，是个适婚的好年纪。

有人说婚姻是爱情的坟墓，也有人说，一定不要和最爱的人结婚，柴米油盐的琐碎会磨掉一切的悸动，到最后，只剩下想掐死对方的冲动。而 A 小姐，一直劝所有的朋友一定要和自己爱的人结婚。这样当遇到困难和波折的时候，你才会有足够的力量去坚持和努力，一路走下去，而不破罐子破摔、唾弃对方、恶言冷语、相爱相杀。因为爱，也唯有爱。

就像那句话说的：无论贫穷还是富有，无论健康还是疾病，我都爱你、尊重你、接纳你，直到生命的尽头。

字字珠玑，直至生命的尽头。

有多少人真心实意地说，脚踏实地地做着？很多的话，说起来容易，做起来太难。爱上一个人是弹个烟灰的瞬间，而坚守一生，不是每个人都能做到。B 先生是一个与众不同的男人，A 小姐从一开始就知道。他比任何一个人都活得真切，他比所有男人都坦荡。他像一片清澈见底的湖水，除了让 A 小姐看到自己爱一个人时候的模样，还着实地感受着他的波澜。

36 岁是本命年，传说本命年会犯太岁，诸事不顺，在过年的时候要穿上红内裤、红袜子，戴上红手链。也有人说，本命年会在经历了好多不顺之后，豁然开朗地一马平川。漫漫长河总会有星光闪现，你需要做的，就是抬头仰望，不低头。

作为一个无法避开七大姑八大姨亲戚团的当代女性，如果，到了 36 岁的时候你依然单身，那么家庭聚会就可以避免参加了。无形的压力是座山，说得多了，就会丧失对希望的判断力。

A 小姐十几岁就开始旅行，慢慢地她的旅途计划，已不再是图个风景。越发想去人烟稀少的地方，参加有趣的项目。闺密说："你一直在自己给自己加杠杆。"回城之后，感受也不再是"我看到了什么"，而是"我看到了什么且做了许多"。当然，旅途的制高点永远都是：我能和谁在一起。

A 小姐很小的时候酷爱希腊神话，里面有众所周知的雅典娜、海神波塞冬、宙斯……儿时的她，曾深深地迷恋着海神波塞冬——他掌管着一切海洋之域，是宙斯的哥哥，权倾天下。波塞冬乘坐的战车是金色的战马，当他的战车在大海上奔驰时，波浪会变得平静，还有海豚相随。幻想中她的爱人也应该是那样的，可兴风作浪，又可抚平一切灾难，让世界平和安稳。她还崇拜爱与美的女神维纳斯，她像海的泡沫那般诞生，长长的卷发顺着波浪飘扬。她的灵魂与心灵是爱与慈悲，她的眼睛是尊严与高尚，她的手是慷慨与庄严。

到了有电脑的年纪，她搜索到好多关于这个神秘国度的图片：蓝白色的房子，碧蓝的海和蔚蓝的天相接在一起，每天拉开窗帘都是耀眼高照的太阳暖在脸上。那一刻她决定，就算踏遍全世界想去的角落，希腊，一定留到最后。

这是一份不可与他人分享的景色，这是一种不可被他人侵蚀的记忆，等她的海神出现，他们就出发。

B 先生说，你想感受大海带给你的无尽宽旷，深邃到底，就要禁得住它顽皮时候的波浪肆起。就算回潮再汹涌，它和涨潮退潮的浪涛，终将会聚流到一起的。**所以何必在意，这路途中的磕绊与颠簸。**A 小姐在分离的日子里终于明白，那句“相思始觉海非深”。

在这世上，我遇见了只智惠子，
她纯净的爱将我洗净，
我人生的窗户就这么打开了。

——高村光太郎

人生最有意思的地方，就在你从来都不能预测，即将发生的事情，和遇到的人。总觉得生活大概就是这样了，日子也不过就如此了，可总是有惊喜或噩耗冒出来。所以人们说“出其不意”“静观其变”。

B 先生说：“我想你 36 岁的时候，依然会是现在这样阳光美丽的样子，你会戴着头纱在海边向我奔跑过来。然后我们迎着每天的大太阳，看着爱琴海，一觉睡到中午，吃个 breakfast in bed 再回去翻云覆雨。”

A 小姐抿着嘴笑着：“要知道你的出现，就是我最猛烈的一场翻云覆雨。”

六不是顺利的意思吗，大概经历了 30 年的风浪的姑娘们，都能以六为圆满。

祝好。

慰藉

字典里说，慰藉是安抚的意思，那个“藉”，念作“借”（同音）。

A 小姐小时候学到这个词，就觉得它看起来不算太情愿和主动。想到了“藉”，就想到了搪塞需要的借口，一片狼藉的混乱。还有同音的“借”，借来的东西，总是要归还的，无论是时间、事物，还是人。

在成长的长河中，我们学会了应急和对付，以及安抚自己。对于突如其来的打击，不可接受的莫测，难以下咽的委屈，每个人都最终学会以不一样的方式去度过。有人沉沦有人潇洒，有人迷茫有人遗忘。这大可算作一种无褒贬义的慰藉，为了自己，为了过活，继续在这碎石满布的泥石流里摸爬滚打。

A 小姐从故事的开始，就一直告诫自己，这一定只是一场不期而遇的过眼云烟。人生中的遇见，不一定都是美好的；但凡美好得不那么真实的，都是流失得最快的。我们会在侧身起床的某个早晨怀疑它曾经的到来，也会在瓢泼大雨的某个夜晚，缅怀它的离开。有时候，故步自封是一件好事，不求上进不想进取的态度能屏蔽很多不必要的麻烦和危险。**可是有时候呢，人们不过是在催眠自己。**

老电影《27 套礼服》(*27 Dresses*)里面的女主角说:“曾经幻想过无数次此生挚爱出现时候的场面和样子;他没有半点儿靠近我的意思,可是当他出现,那么就是他了。”怎么就颠覆了自己,一切锋利得猝不及防。

你有没有过这样的瞬间,当一个人突然地出现在你面前,一切的伤痛,曾经的林林总总、踉跄跌宕,还有所有信誓旦旦说给自己的话语,都不重要了。你突然感觉到自己什么都不会了,冷寂的外表下面满是惊慌失措。是一见钟情的惊慌,是遇到期待的失措。

B 先生说:“遇到你的那一天,我就是这样的。”

A 小姐说:“有人说,生活就是你计划好一切之后,发生在计划之外的部分。可我从来都没有过计划。”

老天又怎么会告诉你,明天请梳起你毛糙的乱发,因为你就会遇到那个他。

一定是喝大了的翌日,或者坐了十几小时飞机的隔天,再或者不梳妆打扮蓬头垢面地冲去超市的瞬间。你以为自己邋遢得像菜场大妈一样,可在他眼里,就是个宝。一切想象不到的不期而遇,就此拉开序幕。

窗外突然下起了冰雨,淅淅沥沥地拍打在玻璃上,像极了小时候学钢琴时候的节拍器一样,充满了湿漉漉的节奏感。B 先生说:“我记得你说过,这个天气最适合——火锅、做爱和睡觉。”A 小姐忽闪着眼睛说:“放一首适合今天天气的歌吧,十分应景。”音乐悠扬四起,她一样还是让自己哭得泣不成声。果然应了那句,“**傻傻两个人,笑得多甜**”。

什么时候，可以不再分离；

什么时候，分开的那刻可以不再哭得像傻子一样，撕心裂肺。

B 先生说："错过的一切，我们补。"

A 小姐心里默念：这孩子一定是不会针线活，所有的缝缝补补，都是代价。

人们总以为分离是正常的，我们总要来来往往，东奔西走；人们也总以为习惯了分离之后，彼此会习惯这种模式的你来我往。殊不知，有些人天生就学不会说再见，还有些人，分离对他来说就好像一次次刻在手臂上的时间，越多越刺骨。

看着 B 先生渐行渐远，A 小姐竟然回忆起了朱自清的那篇《背影》——"不知何时再能与他相见""父亲蹒跚地走在铁道边"，道尽多少的懊悔，无尽的心酸。

那些个什么望着你远去，不要追的潇洒，通通都是因为不够爱。

爱，又怎么可能不裂得吱吱作响般疼。

遇见

如果说生活是一场伟大的情景剧，那么关于遇见，一定是编剧精心安排的第一出高潮。无论结果是惨烈悲壮，还是欢天喜地，都不会影响两个灵魂相撞击之时，动听而清脆的声音。

每个人都会勾勒出自己另一半的“菜”，要大大的眼睛，高高的鼻梁，挺拔的身材，要风流倜傥的性格，英姿飒爽的风情，诸如此类。

A 小姐遇到 B 先生的时候，从未打过他半点儿主意。并没有带着遇见的心情去认识了解任何人，对他，她甚至带着少许敬畏的：毕竟他是一个比自己资深、即将传授知识的人。所谓敬畏，就是再靠近拍照也能巧妙地相隔几个指头的距离。

B 先生说，见到 A 小姐的第一面，她睡眼惺忪，一副迷离慵懒的样子。She had him at Hello. 她不施胭脂，嘴角微扬。她是热情的，又是不拘束的，可她又是很客气腼腆的。他就觉得，和这个妞儿一定有故事。

可他们并没有像所有爱情故事的开始那般，迅速顺理成章地在一起。他们相敬如宾，很少话。A 小姐从来没有细腻入微的关心，B

先生也将一切心思掩饰得很好。他们变成了不算太熟悉的朋友，两言三语有说有笑。

A 小姐说：“好多精彩的故事，都是没有通知地开始，大多悄无声息地不了了之，少数会漂亮地收尾。”

牵手是很特别的举动。人们说的十指连心，形容的是痛感。手是我们除了脑子以外身体最灵活的部分，漫布了触觉的开关和灵动的极限。他们的第一次牵手，B 先生只是用指尖轻触到她的指尖。她以为是不小心碰到的，没敢动弹，B 先生就顺势握住了她。他觉得她的手好软，好暖。他们就一直十指紧扣地握着对方，许久不能放手。关于那一刻的细节，他后来竟然有些模糊了，只感觉内心极强的迎合感。

A 小姐后来不停地问：“什么叫作迎合感？”

B 先生说：“就是不记得你靠着我，还是我靠着你，总之是很强烈地感觉两个人融合在一起。那一刻我特别需要你，而你就被握在手心里。”A 小姐记忆中，她看不到他的心是如何起伏荡漾的，只感觉他的手心里往上蹿着一种炽热。她觉得有他在，很好。

B 先生说：“你是我见过最温柔的姑娘。”

A 小姐总觉得这是撩妹子的人才说的套路，可想想自己确实不硬气，那么就欣然接受温柔好了。

接吻也是一个很特别的事。现代过于开放的年轻人，总是会把接吻和性爱自然地挂钩在一起。当然也并没有什么不对，充满了情感，滚烫绵柔的吻，是可以融化一切的。

B 先生吻她的时候嘴唇是炽热的，全身也是滚烫的，他抚摩着她的秀发，非常轻柔。那一刻，他们彼此的大脑都是空白的。

关于性爱，A 小姐说，她从未和一个人，可以如此轻易地拥有美好。

两情相悦的欢愉，原来是不需要任何复杂努力的，你需要做的，只是闭上眼睛，相信对方，体会自己的感官。

你们有没有看过一个帖子，讲的是一个可怜的小三角，一直在寻找真爱，直到它经历了各种摸爬滚打，把自己磨成了小圆球，让自己光鲜亮丽，吸引了另外一个可以同行的大圆球。

A 小姐总说："做最好的自己，才配得上你爱的他。"

B 先生说："斯科特·派克的《少有人走的路》第一本，第二还是三四章来着，是讨论男女之爱的。他说，经过了坠入爱河这部分之后，最好的爱，是互相帮助，一起成长。"

她说："谢谢你教会了我很多道理。"

他说："感谢遇见。"

人们总以为，两条线一定要交集，产生火花，才是猛烈的；殊不知很多交集线，最后大多背道而驰。而平行线，才是最长久的。他们未必要有诸多类似的，只要方向一致，始终并行。

她的闺密问："你就不想知道他的过去吗？你就不怕他有什么可怕的历史吗？"

A 小姐说："在我之前，之所以过去成为过去，是因为放弃。那么既然放弃了，又何必去纠结？谁是第一和最后并不重要，重要的是，现在开始的一切，是我。"

我已经很久没有坐过摩托车了，也很久未试过这么接近一个人了。

虽然我知道这条路并不是很远，我知道不久之后我就会下车。

可是，这一分钟，我觉得好暖。

——王家卫

B 先生说："我会有那种感觉，遇到喜欢的人，就想把过去没有一起经历的所有时光讲出来分享。"

A 小姐说："我有酒，准备好你的故事讲给我听。"

每当月光皎洁的夜晚，他都会忍不住地说："我想我是爱你的。How I wish you were here."

sequence

你知道吗？我一直在挥手

写作的一开始是怀着抒发的，它并无目的。

慢慢地变成一种情怀，一种习惯，一种记录。

只要时钟还嘀嗒地响，就不停笔。

当我们咿呀学语的时候，父母告诉我们，在外面见到长辈要打招呼问好，离开师长要挥手再见。

现代社会的节奏越发地快，人们吃着节省时间的快餐，划拉着手机屏幕获取信息，很少有人再用墨水钢笔去记录日子，大家也变得愈加没有礼貌。很多时候，饭桌上人手一部手机，人们在聆听的同时，还能滑动手指。我们很少能优雅地结束一个骚扰电话，听对方把话说完再挂断。我们变得越来越没有耐心，不乐意去等待任何浪费时间的事情。

于是人们用金钱来买时间，买清静。然后说，时间就是金钱，做事要高效率啊。我们觉得时间无比珍贵，所以不停地挤不停地挤。在大都市里，所有人都拥有双重性格，一边奋斗着寻求银行账户的数字的增长和自我价值的实现，一边渴望着被释放的自由。

B 先生总对 A 小姐说："你是我见过，最不切实际的人。"

以前老师也教诲过她："Life is not just about unicorns and rainbows（**生活不只是独角兽和彩虹**）."

可她会接一句："Candy canes and marshmallows（那么是糖棍儿和棉花糖吗）？"

她也总是和 B 先生说："你能不能，给我一首歌的时间。"

其实一首歌，不过是三五分钟的时间。连跑一公里都不到，歌就能听完了。可如果在等待中呢，歌就会显得格外冗长。

A 小姐推荐过这首歌给很多朋友，大多数人的反应都是："咦？怎么听了会儿没声音啦！"A 小姐获知这首歌，是在 YouTube 上看了 Zane Lowe 给 Chris Martin 的采访。所有我们认为无比光鲜的人，其实都是经过裂变的。CM 曾经一度找不到自己，迷失方向。后来他在迷失里重生，在重生中涅槃，然后一切再重新来过。

所以大概这首歌，是在说一种迷失的心情。人们不免仰望天空，想想自己在干吗？未来会怎样？然后一片空白。A 小姐就特别喜欢空白。最最高兴的时候空白，最最不高兴的时候也空白。

她说："大概因为生活被填得太饱满，所以一切的空白，都弥足珍贵。"

B 先生说："每次看着你走，我都挥好多次手。"

A 小姐有时候想，她和 B 先生，就像两条互相跟了很久的鲸鱼，缓慢地移动着身体，伴随着彼此。分开的时候，用短小的鳍去告别，然后消失在各自的视野里。海那么大，那么无边无际。游移过的位置，竟然找不到曾经路过的痕迹。他们说，余生请多指教。

然后就，此后余生，此后余生。

挥手是长辈们从小教授我们的习惯，见面要问好，离开要挥手。成年人的告别，从不会特别声嘶力竭。有修养的人可以告诉打骚扰电话的人："不需要，谢谢。"然后再挂断；更可以，把自己撕成碎片了还能挤出个微笑。

微信是一个非常神奇的平台。它代替了很多面对面需要做的事情，人们可以打车，可以付款，可以存钱，可以购物，无所不能。更微妙的是，在沟通的时候，还能通过文字来塑造自己希望在对方心里想要成为的样子。

A 小姐很喜欢说"嗯"。

“嗯”是个特别老实中肯的字。在对方心里，她的表情和心情一定是宁静的。

有时候，她也会忍不住对B先生说：“嗯嗯。”这一下就难掩了悸动的心和她总是不自觉的追逐感。

离别的时候，
她终于学着不再挥手。
手掌每摇摆一次，
就好像剥离一层心脏的薄膜。
膜越薄，悸动得越疼。

嗯。给她一首歌的时间，好吧。

sequence

DUST TILL DAWN

我们这一生，有些人是陪你看日出的，

另一些人则是陪你看日落的；就像有些人只能陪你看月色，

却不能陪你等待明朝的第一道曙光。

——Morning Rocks

千篇一律的事，总让人不禁疲惫。有人说，婚姻是这世界上最不合情理的法律；有人说，婚姻埋葬了一切爱情，甚至将其丑化；还有人说，当你从早到晚吃喝拉撒都对着同款肉体，视觉不疲劳的，那一定是神仙。

所有的爱情，都要走相同的路线。从慢慢熟悉，到如胶似漆，再到自我瓦解，直至矛盾相斥。随之大多数活成了得过且过、互相迁就、相濡以沫，还有的撕个你死我活、背道而驰。极少部分，能够两情相悦、互相成长。

日出、日落，是个古老神圣又不需去传承的仪式。它千篇一律，却被很多人信奉。生活中，很多人为明天开会的内容而失眠；为月底的房租而焦虑；为明天赴宴的着装打扮而纠结；为选哪个米其林餐厅而踌躇不已；为分家产而焦头烂额；为见真爱一面而周折万分。伴随着每天的日出日落，这个世界，不同的城市，每个角落，都上演着特别多的故事。

太阳不会为任何一个人停止升起，也不会因任何一个原因放弃归家。行星是美丽的、规律的，更是神秘的。我们因为同一个原因来到这个世界，为不同的理由而奔波一生，也终将怀着不同的情怀离开。

B先生是个见过世面的男人。他见过为一个名牌包可以和男人睡觉的女人，也见过自己手里过账千万的女人。他有过很多很多的女人，甚至连手指头都掰不过来。他曾经一度认为，女人是可以被打发的：不就是几顿饭的事儿，不就是一个包两块表的事儿，不就是几句甜言蜜语一把搂过来的事儿。人家说："女人心，海底针。"当你决定不要心了，海底针就扎不到你了。男女关系变得尤其简单，人们称之为"等价交换关系"。

A小姐也是个见过世面的女人。从小到大父母就没委屈过她半分，别人都骑着二八大跨的时候，她上学车接车送。时常地，她会很不好意思地让司机叔叔停得远远的，然后自己走一段路怕同学看见。母亲一直教导她，"物质其实是人类生存最基本的条件。我们需要物质，但不能为之而活"。从来男人能买的，她自己照样能有，跑车豪宅她也都开了见了觉得没有什么用。她会因为喜欢一件美丽的事物而迫切追求，而不会因为事物本身的投资价值，渴望拥有。每每看到一些男人在用物质来包装姑娘的时候，她就会暗自偷笑，"这世界上，还有比日出更大的事儿吗？"

我能奢望最浪漫的，
是我们拉开窗帘即是大海的日出，
一起依偎相吻的日落和皎洁月光下的情爱。
——A 小姐

有人说，这有什么好稀奇的？抬头即是太阳，又晒又热；东边日出西边雨，月亮时隐时现，没什么了不起。

A 小姐会忍不住补刀：你还真是个没有情怀的人呢！

也有人说，这得要多大的房子，东边看日出、西边盼日落，还得能抬头即是月光。

A 小姐说：大概一个帐篷就能解决的浪漫，你要的太多了。

更有人说，当你享受过黑鱼子的鲜甜，一级酒庄的红酒的丝绵，蓝旗大腹的肥润。月光什么的，还重要吗？

A 小姐会想：再好的食材都会变质，而月亮会吗？

所以说，幸福是难以言表的。“不是全世界的东西，你什么都拥有；而是你想要的恰恰都在。”

他陪她看过凌晨 4 点半海边的日出，感受海天一线之间，红彤彤的光热徐徐上升；那是希望的力量，一切黑暗和过往就此抹去。闭上眼睛感受的唯有阳光——在短短的几分钟内，征服和吞噬一切。

B 先生陪她等待日落，远远地望着夕阳下弧线形跳动。他们共叹着“夕阳无限好”，对黄昏恋恋不舍：天空呈现橘红色，云层渐变出被火缭绕的样子。知道黑夜即将降临，却让人无所畏惧。

他们守候过洒落在整个湖面的月光，那天下过雨、山路很崎岖。开了很久才到达目的地，月亮毫无遮掩地暖了一切期待。没有半丝风，湖面一片皎洁，满心谧静。B 先生说，他在湖边许了个愿，如果能实现，他们就再来。

B 先生说，我见过好多好多的姑娘，你是最特别的一个。

A 小姐说，世界那么大，陪我一起走。以后我们的家放一张巨大的地图，你走过的地方是黑色的，我的是红色，一起走过的是蓝色。

有人说徐志摩是个天生浪漫的人，别的男人说“我想和你睡觉”；徐志摩却能婉婉道出，“**我想每个清晨醒来的时候，都能看到你**”。

B 先生说：“我想带你去看最美的日出和日落，听海浪拍打礁石的声音。”

A 小姐说：“要看很多很多的日出和日落，每天醒来，都在你的怀抱里。”

小心翼翼

总的来说，传统教育下的我们，从小到大经历过诸多小心翼翼：小心翼翼地抄作业，精细更改，不能流露蛛丝马迹害了小伙伴们；小心翼翼地谈恋爱，不要被老师发现不能被家长发现，还得瞄着同桌的他，别抢了自己心爱的妞儿；工作后小心翼翼夹着尾巴做人，不能让自己的骄横跋扈，坏了 4 年的学历。

人生中也不免，有些不一样的灵魂：早恋被老师抓到，被罚站在大操场台上翻着白眼，心中默念“老子谈个恋爱还犯法了”？台下姑娘顺势跪倒一片；商场上一句话不对付，就掀桌子爱谁谁，看不上的人——爷选择不看；喜欢的姑娘一把搂过来，不喜欢的一脚踹开。

最有趣的是，小时候调皮捣蛋请家长的小伙伴们，别管正才歪才倒都差不多成才了；中规中矩的课代表们，大多都是随波逐流。科学的情感的互补图还告诉我们，多数都是乖乖女爱上坏男人，闷瓜崇拜风一样的女子。

A 小姐从来就是一个“大众甜心”类型的人，外表暖和、内心柔软，从来不敢说伤人的话，做事麻利谨慎。同事们都说，如果什么人和她搞不好关系，那么这个人一定从头到脚有问题。做了多年给人擦屁股的工作，A 小姐倒是从未抱怨过什么。她觉得抱怨是一件特别低俗的事情，要不就干脆别做，做了还叨叨的，多招人烦。

B 先生就是上述“不一样的灵魂”之一。小时候打架斗殴留下了一身的疤痕，长大也充满了戾气，跋扈得要命。说拿起抄家伙就来，说丢下拍屁股就走人。他的前半生，秒倒了若干有情怀的妞儿。他有着非常坚硬的躯壳，内心却是透明见底的，他体贴自认为弱小无力的人群，他呵护一切能力范围内外的精灵——他有颗善良的心。可他是粗糙的，粗枝大叶到自己的刺刮伤了别人，却还质问对方：“你怎么就不小心点儿？”

所谓小心翼翼，有时候，即是绕道而行。

人们有时会为一件小事撕个头破血流，人们有时会忍不住歇斯底里，这不过是因为嫉妒和自己那点儿可悲的小自尊不知道如何安放，才翻过来调过去地反复在同一个坑里挣扎。谁不是心里默念着“只是因为太爱你”，做着如同垂死挣扎的死鱼那般的无用功。

见了他，
她变得很低很低，低到尘埃里。
但她心里是欢喜的，
从尘埃里开出花来。

——张爱玲

在某个风雨交加的夜晚，A 小姐突然想起了曾经友人说的话，几杯酒的工夫，顺道又想明白了一小节人生。朋友说，有对夫妻曾经经常争吵，吵得不可开交。后来彼此终于顿悟，每个人其实都有不愿意被触及的领域，一旦被碰，矛盾就会爆发。那么就不要去触碰彼此敏感的地带，小心翼翼起来，即能相安无事。这曾经并不是A小姐认为正确的人生态度，那些个“难得糊涂”“大智若愚”，曾通通被她认为是活得不够纯粹。

终于，她也学会了圆滑和假装。

“你好吗？”

“很好呀。”

“睡得好吗？”

“还不错呢。”

文字是美丽的，文字是虚伪的，文字也是极具保护力的。没有人需要知道，她喝了几瓶酒，吐干净了所有。

你见过8号风球吗？不是呼啸的风声，唰唰飒飒的，却能将整个房顶都掀起来。那些弱不禁风、不够坚强的植物和违章建筑，最后被吹得星星点点、支离破碎。

B先生说：“你是坚强的，能量无限，总能坚持到达目的地。”

A小姐说：“我是骄傲的，因为这点儿卑微的自尊，总是搞得自己狼狈不堪。”

已是满园碎片的心，需要踮起脚尖走吧？不要像不靠谱的栈道一样突然断裂，让所有本身勇猛的心就此悬挂起来。

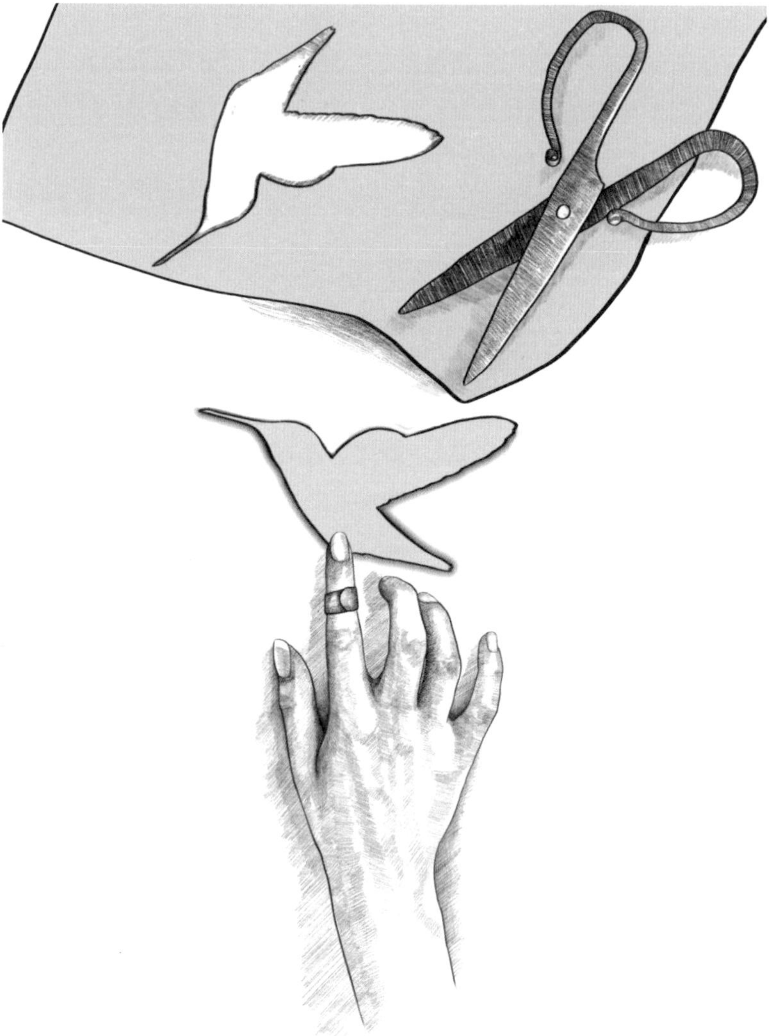

sequence

然后

全民都追剧的年代，出现个名词叫作“剧透”，就是在一切发生之前先了解一切，预知剧情。好比算命一样。

有些人相信，在我们临睡之前，翌日的命运就已注定，所以他们会去回避觉得会输的开始，去迎合认为赚到的开篇。A 小姐从来就不太喜欢被告知未来：知道了又能怎么样呢？好的依然是好的，不好的并不会因为你知道，而变得好起来。

以前上学的时候，大家都喜欢八卦；后来上班了大家也依然热衷于八卦。别人家的事情，总是特别有趣味有意思。八卦的真正精髓，在于续写根本没有发生也没可能发生的故事，并予以强有力的传播。

作为一个心思缜密的人，大都是非常喜欢脑补故事情节的。比如一个似笑非笑的眼神，比如别人一句毫不经过大脑思考的话语，再比如，一段轰轰烈烈开始了之后又悬空的感情。这类人总是会浮想整个人生发展过程罗列若干结局，好的不好的，好像剧透那样，过电影一样先睹为快。

在一切发生之前，B 先生和 A 小姐并不是瞬间愉快地坠入爱河，然后就比翼双飞起来的。不过，他们也延续了后面剧情拓展的连贯性，应了“在地愿为连理枝”的典故。B 先生曾经是半拒绝过 A 小姐的，所谓半拒绝，就是并未想好前行，却不知如何回绝。他一直对她强调：“你要想清楚。”也不知道是不是在说给自己听——“想清楚”。那句话怎么说来着，“嘴上说拒绝，身体却很诚实”。成年后人们大多会口是心非，但身心其实共属同一平行线，所以终将同行。

而成长长河中踉踉跄跄的成年人们啊，就是在这虚虚实实的隐患中，寻找平衡。也许今天感受是真真切切的，因为每一个感官和触觉都如同立起的汗毛孔那般清晰可见；也许明天就是不真实的，过往的感受愈加显得缥缈起来，看不见，抓不到。

其实 A 小姐曾破例地把自己揪出来和 B 先生分析过整个故事的发展方向与结局。结果说着说着，自己变得垂头丧气起来。异地的两性关系中，垂头丧气是一件特别容易的事儿。因为隔着屏幕去沟通，因为隔着文字去表达，因为靠着片段式的声音去挂念和感受。再先进的科技，也无法替代见面时如日出般的温暖的拥抱。如果两颗心不能着实地贴到一起，又扯来扯去作甚？

每个人心里都有一团火，路过的人只看到烟。

但总有一个人，总有那么一个人能看到这团火，然后走过来，陪我一起。

我带着我的热情、我的冷漠、我的狂暴、我的温和。

以及我对爱情毫无理由的相信，走得上气不接下气。

我结结巴巴地对她说：“你叫什么名字？”

从你叫什么名字开始，后来，
有了一切。

——凡·高

当然 A 小姐也曾破例地找一个特别恰当的位置去摆放自己。经过自我的各种辩证，经过体力的百般消耗，经过酒精的各种轮回。可竟发现自己原来是那个无处安放，不被维护的。深秋起风的时候，天很冷。

七零八落也有时，欢欣雀跃也有时。

工作上我们会做好每月目标、半年规划，三到五年内的蓝图展望。如果你问 A 小姐的这些规划是什么呢？是一睁眼能看到他的惺忪，临睡时能抱着他的舒坦。唯有这些，别无他求。

像看小说只看了开篇，像吃法餐只吃了 entree。我们猜中了开端却猜不中结局。

然后呢？然后就没有然后了。

sequence

你爱我什么呀？

得不到的永远在骚动
被偏爱的都有恃无恐

玫瑰的红
伤口绽放的梦

握在手中　却流失于指缝再落空

——陈奕迅《红玫瑰》

一生中我们难免被问许多次：“你爱他 / 她什么呀？她 / 他哪儿好呀？”

在某些阶段，我们是无言以对的——爱她什么？爱她忽闪的睫毛，水汪汪的眼睛，还是每天早晨迈进校门那一刻英姿飒爽的样子？爱他什么？一副认真的小聪明，操场上如雄鹰般翱翔的模样，还是被其他女孩追逐时坚毅回绝的不羁感？

爱很奇怪，有时满是理由，有时全无章法。可若不爱呢？那就一定充满了各式各样的借口。

无法解释的，是看到对方的那刻呼吸急促、心跳加快，感觉大脑都是空白的，整个人有种快窒息的晕厥感。动物世界说，这是荷尔蒙作祟。可荷尔蒙并无法诠释绵长的思念、辗转反侧的失眠、懊恼时的抓耳挠腮和离别时的撕心裂肺。有时候又是诸多理由的：她是那么美好。完全符合了自己小宇宙里塑造得如此这般：善解人意，透明清澈。

有很多人问过 A 小姐："你爱他什么呢？"

乐意的时候她会说上一句："爱他难得的单纯，言出必行的果断，充满了荆棘的不吝。"但大多数时间，她是不乐意的，顶多回复一句："你不懂。"一个人深爱另外一个人的灵魂和被他爱着的自己的模样，是无法理清头绪的。

"你不懂。"是特别独当一面的回复。直截了当如砍树般否定了一切见缝插针的可能性。因为懂得，是这世界上最难能可贵的交集了。

也有很多人问过 B 先生："你怎么能爱上她呢？"

她有那么多吸引他的地方，她又有那么多千疮百孔的印痕。B 先生无法也不愿向任何人去解释自己内心深处真实的感受，所以他选择沉默不语。他总是说："时间啊，总会磨灭和沉淀一切。到最后所有人都能懂，你更能懂。"

睡在 A 小姐身边的时候，他感受到了从未有过的踏实，只要有她在他就永远饱满着力量径直向前。她充满了活力、温暖和爱。她把自己像解剖一样摊开暴露在阳光下，无保留地爱着且被照耀着。

B 先生说："也不知道你的出现对我来说是福还是祸，不管是什么，我都愿意。"

男女之情是这个世界上最不稳定的情感。可古今中外，大家依然为此兜兜转转、刻骨铭心。聚会的时候，人们总会互相交换故事来作为彼此信任的桥梁：你之前经历过什么？你爱过谁？后来又如何如何了。说罢大家会自嘲般地感叹一番：过去的已翻篇儿，美好的大好前程就在前方。

爱情最有意思的部分呢？是大多数人会抱有"纵使虐我千百遍，我待爱情如初恋"的情怀。一切不可愈合的伤痛，都在下一个人出现的刹那烟消云散了。

说到情怀，B 先生总说，他是没有爱过的。他从未如他人般否定曾经的过往，只会说："真的非常不一样。"A 小姐也坚信这种不一样，因为他抱着她的时候，任何言语都显得很多余。每一个毛孔不再屏息，灵魂会欣喜地颤抖，唯有惺惺相惜、再相惜。

每当 A 小姐问他："那你呢？你爱我什么呀？"

B 先生会特别含情脉脉地捏着她的脸颊说："就是这个样子啊，就是这个明明知道爱都给了你，还问爱你什么的傻乎乎劲儿，让人欲罢不能啊。"

有爱是很美好的，尤其是在大雾弥漫的漫漫长夜。

千疮百孔

好多的心灵鸡汤都说，找伴侣一定要志同道合，心灵深处可以沟通，类似的世界观，互相成长。也有人说：“婚姻应该是一场精神上的门当户对。”近些年我们听过太多“门不当户不对”的林林总总，谁谁最后颠沛流离，谁谁终获真爱。

情感之路，就像一个千疮百孔的漏斗，一方面教诲听着，一方面摸爬滚打着，再一方面，每次澎湃后被杀个片甲不留的失望，随着时间的波流淡去，结痂，再重生。也存残余，也有渗透。

A小姐很小的时候，遇到过一个什么都会的大哥哥，大哥哥相貌平平、大她许多，一早就走南闯北。他去过很多很多地方，总有讲不完的新奇异事，他像涌泉一般，咕咚咕咚地冒着灵气。不像教科书那样，总是硬性地把道理放在最后段落勉强读者吸收；大哥哥，时不时地会在故事的空当，蹦出来一个A小姐既听不懂，又佩服得五体投地的总结，荡气回肠许多年。

大哥哥后来又去了很远的地方没有再回来，临走的时候摸了摸A小姐的头说：“你就这样一直不要长大吧，小不点儿。”

后来小不点儿慢慢长大成人，在所有姑娘都宣扬要找一个疼爱自己、把自己宠上天的男人的时候，她终于恋爱了——爱上了她的人生导师。

B 先生成熟稳重，深思熟虑。他是个特别好的生活模范，翻山越岭的经历可以谱写诸多美丽的篇章。他踏踏实实做事，关爱家人，是公认的好男人。他是那么光鲜亮丽的，总是站在她背后不远处。在最危险的时候，B 先生一定会第一个出现在 A 小姐面前，带她远离危险；在她任性的时候不离左右，絮絮叨叨又满是心疼；当她骄傲不已，他总是第一个泼冷水又百般叮嘱；她挫败的时候，他又能满怀鼓励，一把搂她进怀。A 小姐一直觉得，她是幸运的，这一定是人世间最难的爱情，她崇拜他、爱他。

实际上在 B 先生的眼里，饱受生活挫败的她并不太值得同情。他告诉 A 小姐，所有人都应该为自己的决策和行为承担后果。他说的好多话都没毛病，但品在 A 小姐嘴里，味道却是异样的。他在教会 A 小姐做一个更好的人的同时，也一针一针地刺穿了她。

B 先生说：“帮助你成长的人，都是直言不讳的。你要学着接受真实。”

A 小姐说：“嗯。”

很多时候她在想，为什么同样的道理如果是别人讲出来，她立马能任性地反驳，但从他嘴里道出，她竟然无言以对。**谁不知道摔倒是疼的，谁不知道迷路是因为决策错了，谁不知道童话世界并不存在呀？**

不就是因为现实没那么美好，才勾勒点儿希望出来吗？不正是因为爱他，他的些许疼爱，才变得弥足珍贵吗？

A 小姐说：“不是这样的。任何人的花言巧语都不重要，最重要的是爱人的点滴鼓励。哪怕只有一小句而已。”

他疼爱着很多看似毫无理由的肆无忌惮，却苛刻着她的一分一毫。她不太能理解，学着去忽略、不误会。

后来 B 先生还说：“这明明就是不对的。”

你知道这世界上有一种人，表里如一硬得完全不懂中庸之道。鸡汤其实提醒过我们，世界上不存在把女人宠成女儿的男人。女儿就是女儿，女人就是女人。女儿身体里面流着一半自己的血液，宠爱是天经地义的。女人的改朝换代是分分钟的事儿。

如果爱，哪儿来的那么多不对。
对的都是最对的，
不对的也可以爱成对的。

我希望你快乐

许多年前，是谁唱的歌，里面不停地 repeat：“只要你过得比我好，过得比我好。”

有人说，但凡是真爱过，绝对无法再见亦是朋友。深爱得撕心裂肺，所以分开之后也就全碎；也有人说：“前任皆好人。”正是因为无法走到终点，就更不应该撕破最初的嘴脸。当初在一起是因为互相喜爱，那么爱戛然而止之时，也应该优雅地离开。

都颇为有道理的啊。可如果分开了，你真的愿意前任过得比你好吗？别自欺欺人了，一定不是的。你会愿意知道对方过得好，但一定不是比自己过得好。即使自己过得不好，也要装得比对方好。人心里作祟的小自尊，是非常有趣的。人们都希望前任想起来自己的时候，发现自己是无与伦比地好，是唯一的真爱，无法续写的篇章。人们对于自己拥有过，又不幸失去的东西，都会有一种无法解释愤愤不平的延时占有欲，无论大与小，无论长与短。

快乐是什么呢？小时候，快乐是酷暑时节的一根酸奶冰棍儿，大雪纷飞校门口的一块烤白薯。后来大家慢慢长大，快乐的层次开始与时俱进，快乐的意义变得难以捉摸。A 小姐的前任曾说过，她是一个非常难以满足的人。其实不过是因为，大家快乐的制高点不同而已，有的人会因为一句贴心的小话儿而欢欣雀跃，有的人却要真实地捏着钞票拿着房产证，才倍感兴奋。

快乐本是特别特别简单的东西，就像小王子里面说的那样，大人们都忘记了，自己曾经也是个孩子。

人们现在都爱说："你开心就好啊。"这在否定对方行为的同时，道出了万般无奈。

A 小姐在遇到 B 先生之前，有过几个前任，说不上很喜欢，也说不上不喜欢。如果爱情能用看个电影吃个饭来定义的话，只能说有时候饭合口，有时候凑合吃一口，有时候忙起来没那么饿也可以选择不吃。**爱情有时候甚至没有一餐合口的饭菜重要，因为至少饭菜带来了味蕾的嫉妒满足感，所谓的爱，并不能。**

B 先生在与 A 小姐交往的初期，满是荆棘，动不动会冒出来一句莫名其妙深戳到底的话语。然后，然后 A 小姐会哭哭啼啼地钻到他怀里用泪水盖过一切的波动和荡漾。

是谁说的来着，爱应该是一个自我提升的过程，绝非委曲求全的扭曲。那些刻意改变自我、压抑自我的，最终不会幸福。我们应该一开始就毫无遮拦地不掩盖，这样对方才不会在若干岁月之后蹦出来一句："你怎么是这样的？"

A 小姐总是问 B 先生："你既然爱我，又为什么要伤害我呢？"

这问题的愚蠢程度，就好像问刺猬为什么扎你一样。刺猬哪里知道自己有刺？他不过是蜷缩起来想要靠你靠得更近而已。

她终于还是融化了他。B 先生慢慢变得柔软起来，他总在第一时间对她燃起一种心疼——那种好像把心脏剥了皮，托在手心里的疼惜。

某个大雾弥散的夜，他陪着 A 小姐不畏霾气，幼稚地寻找着月亮。回去之后，大堂响起了陈楚生的歌："有没有人曾告诉你，我很爱你。"歌声悠悠远远，缠缠绵绵。她望着窗外的江面忍不住伤感，B 先生轻抚着她的头发，说："傻孩子，我希望你快乐。"

"我希望你快乐。"这甚至是一句比"我爱你"还深情的告白。不是情侣们分手时怀着耿耿于怀说的气话，也不是敷衍了事的午夜婀娜。B 先生吞咽了一切委屈和压力，拔掉了满身的荆棘，终于能温柔地说："我希望你快乐。"没有什么，能比 A 小姐开怀大笑的样子，更让他舒心的了；没有什么，能比看到她蹦蹦跳跳的样子，更让他期待的了。A 小姐总像个孩子那般，让他充满了去呵护去宠爱的欲望——如若她天天开心，他愿意用一切去交换。

他说，只要我有，只要你要。

无穷大

在没有开始学数学的年纪，我们就知道如何分辨大小。孔融让梨的故事告诉我们，要尊老爱幼，把大的留给长辈、留给幼小，小的剩给自己。虽然这个故事在若干年后的今天不幸被吐槽，人们认为这样的教育让我们的下一代丧失了竞争的原动力。但至少大与小，我们从小就能分辨。

人有种天生贪婪的特性，总是想要很多，无论是什么，多即为贵。后天慢慢经过教育我们懂得礼让、知道分辨，更学会了高层次递减法，练得一身好功夫去提炼“少而精”。**精致美丽的东西，总是少之又少的，绝对不会以白菜价批发。**

人们面对突如其来的爱情，总是忍不住欣喜若狂。欣喜的劲儿过了，大家就会掂量自己付出的斤两和所得到的欢愉是否能成正比，于是第二阶段的“欲”油然而生。这欲望所指的并不是性欲，性欲反而是情感关系中最容易满足的，给了就饱，管够就行。这种“欲”是一种包揽性地想将对方拥为己有，排山倒海般地付出自己的状态。很多人会及时地吞咽下那些“你在哪里呀？你在干吗呀？什么时候能见到你啊？”的小情绪，以显得自己大度不黏人。可不想要陪伴是假的，不希望被理解也是吹牛的。哪儿有一个人爱另外一个人，不希望自己能被爱呢？

A 小姐曾经看过一篇文章，说世界上有一种人，就是喜欢那种不被待见的感觉，自己沉浸在一种臆想的悲伤失落里面，久久不能出来。她一度认真地分析过自己，到底是不是因为不能常见 B 先生，所以才老是燃起那么迫不及待的期待。

人很有意思，经常会本末倒置地把“欲”放在“需”的前面。早餐很麻烦，但是煮杯咖啡却特别必要。

记得很小的时候，A 小姐问哥哥：“最大的是什么？100？1000？”哥哥说：“无穷大，你不懂。”“无穷大是什么？怎么写啊？就是好多好多的大，对吗？”哥哥大概是懒得和小屁孩儿费口舌，点头应付：“嗯嗯，差不多。”

这个“差不多”，在 A 小姐的世界徘徊了好多年。每当什么事儿辩不过其他小朋友的时候，她就会班门弄斧地问上一句：“那你知道什么是无穷大吗？就是把你和整个学校都装进去，还能再装。”

这不就好像我们阐述的爱一样吗？你觉得自己付出那么多，都快干涸了，见到对方居然还能再给。

理科笨瓜的 A 小姐，其实到现在都不知道什么是大到无穷大，但她知道，当下的年月大家热衷谈房子说贷款，八卦各种狗血的案件，攀比追逐秋冬新款的包包和鞋子——欲望这东西就像个无底洞，你一方面厌烦着它的烦琐复杂，另一方面又抗拒不了它层出不穷的花样。有人觉得无聊至极，有人觉得乐在其中。

A小姐心目中的爱情，是大过天、要心动一辈子的。就是每一天，许多天，很多天，都要有突然又爱上了对方的感觉；就是哪怕天天柴米油盐，也会经常弄个小惊喜犒劳对方；就是日夜相依了，也要尊重感谢对方付出的点滴。像哥哥说的“差不多的无穷大那样”。哥哥当年遇到真爱的时候，是那种由对方任性撒泼，还是会霸气地一把搂紧怀抱里往死里疼。

A小姐很多时候，并不敢向B先生去诉说自己内心的辗转过程与清晰的痛楚感。她担心他会责怪她不够快乐，她答应过他一切都会是好的。越是在乎，就越会变得唯唯诺诺、提心吊胆。是遇到他之前更快乐呢，还是遇到他之后更开心呢？这问题从来就无解。

爱是欲言又止，
爱是辗转反侧，
爱是想好了又撤回，
爱是永远地疼爱。

——A小姐

B先生说：“有关我们，最好让时间去说话。”有些事情需要经过深思熟虑才能有个答案，有些呢，其实心里一早就知晓了。

A小姐从没问过他，“你的答案是什么？”

她知道，他一定会说：“最美的星空、日出、云海和圆月，都不如给我答案的你那般值得等待。”

找我们的幸福
找我们的快乐
找我们灵魂的安谧
找我们生命的归宿

——王小波

那么无穷大到底有多大，问她吧。

sequence

如她所是

老一辈的人告诉我们，青春期的时候，大可任性撒野地去恋爱，完全不必去考虑什么合适不合适。当时臆想的将来，是根本不存在的将来。之后要找个有经历、有体会、懂事儿的人来爱，这样才不会把爱磨蚀在琐碎的志不同道不合中。

A 小姐是经历过些许风浪的。她的前任是和她同圈子里的某某某。当年她以为，两人关系不过就是相恋到有个法律保证的相守，最重要的是相安无事。谁知道预期和现实完全两样。她不是一个容易妥协的姑娘，谁料对方更不是。由鸡毛蒜皮开始到两个人轮流变成空中飞人，最后大家都忍不住问自己、问对方："我在干吗？我们在干吗？"

A 小姐是个特别热爱生活的姑娘，哪怕冰箱里只有一个西葫芦，一个西红柿，也能"西"炒所有，热闹地给自己做顿饭——摆上漂亮的餐布，沏壶惬意的小茶，高调地度过一个完美的周末正午。和前任分手后，她过得甚是舒服，职场上一切顺利。完全没有传说中落了单儿的失魂落魄，她偶尔抽几根薄荷味的小烟，时常酌酒。A 小姐觉得，爱情这东西并非生活的必需品，该来的时候，挡也挡不住。

B先生也是个有故事的人。他是这个年代少之又少，还会一路坚持梦想的男人。不是那种动动嘴皮子的吹牛，是真的付诸行动去实现。B先生很喜欢做饭，其实他更钟爱“料理”的全过程：从精挑细选上等的食材，通过并不烦琐的酱料衬托食物最原本的味道，到最后成品上桌，整个房间弥散着嗅觉及视觉满足感——这是非常有趣的。他总是称自己为手艺人，要知道任何一项东西，会玩儿和玩儿得精湛，绝对天壤之别。他这种对生活精益求精的，也是像雾都的晴天一样可遇不可求的。

B先生的前任不是一个坏姑娘，只是他们从来都无法去一起谈及梦想和将来。对她来说，将来是可规划、必须固定的PPT，所有的事情最好都白板黑字；将来是银行存款可增长的数字，是和“你看看谁谁”一样平凡踏实到生命的终点。B先生开始的时候，总会去争吵，也竭尽所能地和对方掰扯关于梦想的道理。后来他放弃了。柴米油盐中的不快乐让他懒得再去解释，他只想，一味地做个手艺人。

一个风雨交加的仲夏夜，B先生像一只落水狗一样湿漉漉地出现在A小姐的家门口。他背着一袋子自己多年的收藏，唯一的外套盖在了收藏包上面。他擦了一把脸上的雨水，说：“就这样连人带这家伙全盘交给你了，要吗？”A小姐喜极而泣地把他一把拽进屋，伴着泪水伴着雨水伴着汗水两个人紧紧地抱在一起。

人们总说，生活如何如何错综复杂，在他们看来，生活是那么的简单透明。遇到了合适的对方，后面的路数，就都对了。他并没有再去设计任何plan（计划），她就是一切的plan。她想要的，就都努力去实现，就这样。

他们会在商量好去吃涮肉的路上，突然转念一想地开车买回各类海鲜回家做大餐；他们会用掉俩人半年的工资，去莫名其妙的地方看看。A小姐虽然是个电子白痴，但会经常发挥自己能力之外的能力，pop个小惊喜给她。平日寡言的B先生，竟然在朋友圈也开始记录两人的足迹。虽然偶尔地，他并不认同A小姐全部的消费观。“因为好看啊！”——这在他的实用世界里从来不合理。但他学会了支持和赞美。让她持续她原本的样子，无底线地宠爱和心疼，哪儿来的那么多道理啊！

B先生是一个有头脑有追求的男人。这年代有脑子的男人真不多了，大多是提着冠冕堂皇的头颅，喝大了吹几句众所周知的网络语言当作自己的座右铭，教导别人如何励志如何坚韧。

B先生说：**“其实爱和旅行很像，一旦开始就试图控制一切，就一定会出错。”**

B先生说：“爱她应该是如她所是，并不是如我所愿。接受她的高大光鲜、扭曲叽歪，仍然控制不住地怦然心动。”

当时在座的闺密们都愣住了。有什么能比她要的你都有，更值得骄傲自豪的呢？

潸然泪下

有爱的人必须有用，
有用的人才值得去爱，
否则只是负担。

——马家辉《龙头凤尾》

多年前在 YouTube 上有个很火爆的视频，一个 CrossFit 教练让队员们蒙上眼睛爬行一段非常长的路段。他一遍又一遍声嘶力竭地喊：“You can do it！ You can do it！”孩子们停了又爬，爬了又停。有的哭闹、有的放弃、有的硬着头皮边吐边坚持。把眼罩摘下来的那一刻，完成里程的选手们完全不敢相信自己超常的成绩，各个都潸然泪下。

你可曾有过那种经验和体会？完成一个全然不可想象的目标，曾经无数次地想放弃，直至超越自己，被自己的坚韧感动得想哭。好多人跑全马，过了一半多的公里数之后只是感觉到下肢在移动，最后一路哭着冲过终点。门槛和杠杆其实都是设给自己的，我们在好多时候被虐得体无完肤骂了所有能数上名字的街，痛楚过后又开始寻觅新一轮的被虐。因为超越自己，是无比快乐的。

A 小姐很多年前学开车，她的教练是一个退役的飞行员，一边教她一边感慨她来驾校学车是个特别明智的决策。说自己当年教太太开车，教得差点儿婚都离了，这两口子啊，就不能一个教一个。幽默的教练很迅猛地完成她 8 个小时的培训，虽然忘记了传授非常关键的平行线停车，好歹 A 小姐经过无数次的初体验终于领略真谛。

教学是一件很微妙的事，有的时候自己技艺精湛，却无法言简意赅地诠释自己理解中一半的道理。还有的时候呢，人们对自己在乎的人过于谨慎小心、急于求成，完全不能理解为什么道理说了 100 遍对方还无法接纳和吸收。这时候，拼的就是耐心了，和爱的多少一点儿关系都没有。可女人们就是喜欢把一切都和爱情挂钩——你说我就是不爱我，你爱我就不能说我。

B 先生是个特别急脾气的人。老天偏偏赐予了他特别的天分，学什么都快，接触新事物特别容易上手，就算不用特别努力，也游刃有余。他从来都没什么耐心教人，更不喜欢姑娘家叽歪。他的态度一直都是，要叨叨，老子就给你扔路边爱谁谁。所以在大多数场合，姑娘们都只能看到他的身影，看不到人。偶尔遇到个漂亮的他兴许带着遛两圈儿，一哼唧，B 先生立马掉头就跑。

A 小姐是一个特别后知后觉且慢热的人。为了不给任何人拖后腿，她所有项目都是自己先请教练学会了再参加队伍的。A 小姐的教练告诉她，有些人属于“晋级行选手”，就是会很长一段时间卡壳在一个地方不进步，然后突然某天能开窍得一发不可收。A 小姐就是这样的。

A 小姐是 B 先生一手教出来的。所谓手把手教学，就是像教婴儿走路一样，一步一个脚印，哈着腰、弯着腿、滴着汗，拽着扛着一个不会站的人，去学如何飞翔。在适当的时候需要及时放飞，时刻警戒她的安全又不能让她侥幸依赖。这里面有个特别难拿捏的“度”，责备重了不合适，说不到点上又浪费时间。想让她迅猛地进步，可又怕放飞了她搂不住劲儿。心永远是悬挂在半空中的。

A 小姐一直说：“**没有你，就没有现在的我。我知道，我们悬殊着两个世界的距离，谢谢你从来没有将我落下。**”

是第一次见面的那句“别害怕”；
是一直身后叮咛的“我保护你”；
是从不间断的“向前看”；
是伤痛之时他悉心无遗漏地照顾；
是在危险面前他第一个出现一把将她拉开；
是她进步之后，他比她更会心的微笑；
是她停滞不前时，他不停地策马扬鞭。

她说：“没有人能理解，这种不离不弃。”

说罢，潸然泪下。

更利己的灵魂

李银河曾经对王小波说："我是一个更利己的灵魂，是自我解放的、自由的、追求着自由、永远追求自由的灵魂，可以什么都不顾。"

这不就是我们一早听过的那句"若为自由故，两者皆可抛"的段子吗？换言之，说这些话的人，目的是什么？——心中无非就是叨念着一句"你不要管我"。

> 我要用尽所有的生命之能画出一条自身存在的曲线。
> 似乎我没有最终的目的，
> 可是这曲线上的每一点都有我的汗水和思维的痕迹。
> 挖下去，永不停息。
> 也许什么也挖不着。
> 可是一定可以挖到我自己。
> 在挖的过程中，我找到了自身灵魂的轨道。
>
> ——张郎郎《土拨鼠》

那些一路寻寻觅觅追逐不停的，不过是因为不够了解自己。他们太想知道自己“最终”的模样，以至于花费了大部分的时间，去了解自己多过于和任何一个人相守。老人们常说：“三岁定八十。”有些人，娘胎里出来就生性活泼。他们抗拒不了大自然的美丽和自己的孤独，他们无法拒绝缠绵的邀请和心动的理由。

在A小姐和B先生刚开始交往的时候，B先生一早就和她约法三章——“不要想着拴住我，我是拴不住的！”A小姐并没有直接回应他的话，她在想：“这明明就是我的内心独白呀，怎么让你说出来了。”何所谓拴，何所谓不拴。感情这东西从来就像回涌一样是有反作用力的，你越是拼命地拽着对方想就此捆绑，它越会逆流而上。

大多数人都不明白，也学不会去“顺势”，觉得顺从了自己就输了。可最后还不是输了？

A小姐从小就是个很叛逆的姑娘，看似并不引人注目的外表，却有颗极其躁动的心。刚买的运动鞋，如果家长说，小心不要踩到水哦，她就一定会踩着水走。小时候的木头门，时间长了会掉油漆，A小姐有时候就会望着那些脱下来的油漆印，幻想它们是天马行空的各类神兽，在风雨交加、雷电肆意的夜晚，厮杀在一起。

每个人和前任分手，都有各型各类的理由，A小姐和前任分开大多理由只有一个：她不服管。再纵容的男人，多少都会有点儿占有欲。她一会儿要这样，一会儿想那样，和她在一起是一件特没安全感的事情。她觉得是他们不够自信不够懂自己，他们呢，就算她再好再能耐，也不愿意去守候一个心在天上飘的美丽。

B先生靠着与生俱来的女人缘，从小到大，都没有缺过姑娘。当然，他也有爱过恨过伤心过。他认为男女之情不过是一种缘分和感觉，缘分尽了无力去追，而感觉没了呢，也不必凑合在一起混饭吃。在他很兴旺的那些年月，女人成群，他甚至回忆不起某年某月自己是和谁在一起过的，抑或说，白天和谁一起，晚上又和谁一起。他貌似从来都没有真正意义的忠诚过，他说对男人来说，不存在这一说。

两人在一起，并不是 0.5+0.5=1；也不是 1+1=2。我们大可不必去研究到底什么样的数字才能阐述灵魂相撞击的意义，因为爱情，从没有最真正的定义。

某个秋日的正午，A 小姐和 B 先生依偎在一起，如火如荼地说着未来日子的旅行计划。无意中 B 先生说起很怀念儿时的一道菜，那时候他不大，一家人围坐在一起，哥哥姐姐爸爸妈妈，热气腾腾地围着锅子，那感觉是不可言喻的温暖是家。他说："我应该还会做啊，有机会做给你。"她说："哪儿舍得让你辛苦，我来。"两人推托了几个回合之后，B 先生盘算了一下时间，其实他们并没有太多时间去实现这所谓"仪式感"。

A 小姐告诉他，任何出行、旅程、爱好，都只是生活的一部分。**生活最重要的部分，是要有样子。**没有什么能比在寒冷的冬日，外面北风吹着，和 B 先生守在家里吃一顿暖到心头的饭更有样子的了——是他教会了她如何去生活。

B 先生说："**心安从来就不是为了对方而放弃自己。**也不是不顾一切地，带走对方去追逐自己的梦想。"

心安是那种不由自主的牵挂、由衷的踏实、甘愿卸下一切荆棘，折服跪倒的渴望。

所以那些更利己的灵魂是什么？是你勾勒个蓝图，我们去实现。

素雅的有色体

有人说，从一个女人的衣橱，能了解很多内幕：你能知道她性格特征是否张扬；平日钟爱的颜色和喜好；生活状态之大半。那些个被宠得不知死活的，晒出来的生活大都是不同型号的爱马仕铂金，外带一排不同色泽的“恨天高”，写上几句：“唉，不知道今天该选什么。”作为女人，穿上高跟鞋的情结各异，但共同的首穿感，一定是不适的。哪儿那么多小羊皮手工制给你丝滑的感受，被垫高的是不真实的部分，它随时落空，随时走单。

A 小姐是那种天生就不具备穿高跟鞋技能的姑娘。很多年前，出席一次重要的场合，她穿了过膝紧身掐腰裙和一双相对来说略微舒服的高跟鞋。整个晚宴因为舒适地坐在那里，她佯装很是自然。结束后需要步行到散场位置，她目测到 500 米的路程有一段是一条一条的木板地，不禁打了个寒战。3 分钟的路程，她走得那叫一个胆战心惊，虽然小心谨慎，细细的跟还是不停地卡在缝隙里，好是尴尬。她不由得想起了前男友说的一句话：“小公主想穿高跟鞋的时候，会把你抱到目的地的。”

后来再也没遇到会抱着她走的男人，后来也就再也与高跟鞋无缘。

A 小姐周一至周日的衣橱，只有三个颜色的衣服，黑、白、灰。除了黑白灰，就是黑灰白。她一直觉得自己不太适合色彩过于斑斓的世界，也接受不了太多错综复杂的事物和人际关系。她深爱着像海一样的湛蓝色，但是穿衣，她仍然会选择从头到脚地黑。如同她千篇一律早出晚归的生活那般，每天都是差不多的，反正都是疲惫得连喘气都觉得累得一头栽倒，翌日起来又重生。

他出现的时候，好像一个很遥远很要好的朋友，久别重逢后突然归来，如此熟悉，如此猝不及防，如此惊喜，如此舍不得再撒手。

那一晚她真的梦到了七彩的彩虹和好多五彩缤纷的盘子。后来以至于很多个月后，A 小姐真的想去一一购置 LE CREUSET，她曾经不懂生活的年纪特别不能理解的昂贵。那铸铁的沉重质感，斑斓鲜明的颜色，是生活的分量，梦想的颜色，期待的颜色，味道的价值。她人生中第一次感觉到，原来色彩，可以不是单一固定的。她做给他零星可数的每一顿早餐，都会用心地涂鸦上爱的颜色：无论是巧克力粉勾勒出来的心形，还是猕猴桃拼凑的名字，抑或是黄油颗粒摆成的字体，她都尽了全力。

全力以赴是一件特别值得骄傲的事情，她一直这样认为。A 小姐特别喜欢一句话：“不管前面是地雷阵还是万丈深渊，我都将一往无前，义无反顾，鞠躬尽瘁，死而后已。”那一年中国南方好多城市赶上了百年不遇的洪水，A 小姐为了这句话捐出自己多年所有的压岁钱——做人图什么，不过是图个纯粹而已。

在此之前，我的世界只有三原色。

但是，现在这三原色行将变成带有几分素雅的颜色。

我暗自感到，

因为一个男人的出现，季节被明显地区分开来。

那是一个冬季快要结束的时候，

我 20 岁，他 27 岁。

——荒木阳子《我的爱情生活》

生活是有色彩的，B 先生一直告诉她。他特别偏爱鲜艳的红色，说那是蒸蒸日上的希望。“你看过日出吗？朦胧的粉红火速蔓延至海天一线的艳红，整个大地都是滚烫的，充满炙热。”他们曾开车经过一片完全漆黑的山区，皎洁的月光真的像童话故事里描写的那样洒满了整个湖畔，B 先生指着波光粼粼的湖面：“你看，即便是这样漆黑的夜，光亮是那么美好——如你。”

他总是要求她在户外穿上很鲜艳的颜色，他说：“很怕丢了你。”A 小姐会开玩笑地说：“那么如果穿着迷彩，你就完全找不到了吗？”

B 先生说：“其实无论多远，都一眼能瞄到你。知道你受过伤，想让你去尝试，颜色就代表着重生的希望。”“遇到你，才是我重生的唯一契机。你就是颜色、希望和一切美好啊。”A 小姐说罢，会心地笑得酒窝都出来了。

sequence

不忘初心，砥砺前行

写完这个故事，“蜜罐儿”就暂时告一段落了，从一开始磕磕绊绊地绞尽脑汁，到现在游刃有余地整理，无论是语音碎片，或者图片截屏的素材，再编辑故事，这里面真的少不了你们的鼓励和支持。

这里收录的是你的故事，她的故事，他的故事，我的故事，我们大家的故事。

最后，祝所有故事里的主人公，尚在一起的，继续惺惺相惜；已分道扬镳的，更纵情向前。日子无论怎么样还是要过下去的，何况我们信誓旦旦地说要红红火火地过下去呢。

祝好。

你有没有做过什么事情，一开始声嘶力竭地，我要如何如何，画一个极其宏伟的蓝图，最后摔得屁滚尿流，然后对自己说：“我干吗呀我？图什么呀？”说罢迅速找个台阶下来欣然放弃。这类人，现在被社会称为“识大体”之人群。当然，也有一部分人由于种种原因不甘于放弃梦想，卡在半死不活的状态中混沌彷徨着。

如同好多人，刚有什么爱好就立马特别积极地把装配弄到极致，屡试不爽后，火速逃之夭夭。所以说啊，在了解一些事情之前，最好先了解自己。

A 小姐算是姑娘家里面，兴趣爱好颇于广泛的。换个方式说，她特别容易被新鲜事物所吸引。但凡是没尝试过看着有意思的，她都会由衷地燃起一种跃跃欲试的欲望。你能想到的技能多少她都会点，天马行空随你点，每个都不太精湛。唯一可贵的地方，仅限于十八般武艺会了 17.5。她会在某一个特定的时段，全身心地投入在一种爱好上，玩儿不明白就不罢休，等玩儿明白了，说扔就扔，毫不含糊。她老说，世界那么大，那么多奇闻逸事，那么多体验在向她招手。

不同于 A 小姐，B 先生对于爱好，是彻头彻尾要研究明白的。哪怕在他对情感并不是从一而终的年纪，但凡是爱好，他定是坚韧到底。如果不能玩儿得漂亮，耍出精湛，那没有什么资格用好的装备。对于装备，他更是特别热衷于研究一切性能和配比，他喜欢道理——尤其是科学理论可支持的道理。他从不委曲求全，也不愿意浪费时间在任何与自己无关的事情上。他总是说：“因为生命有限，慢慢地我们在做减法，精简三餐，精简朋友，精简时间。”

某次 A 小姐和 B 先生聊到他们共同的兴趣爱好，B 先生也曾伤痛无数却屡试屡爽。她忍不住问："为什么？"她从来就不是一个打破砂锅问到底的姑娘，但基于两人共同的热衷和有关于他的一切，她特别喜欢探索答案。B先生散着浓浓的雄性荷尔蒙说："好玩儿啊，刺激！"他很是粗犷的声音回答的时候是荡气回肠的，在当时的场景，在A小姐的记忆中，都回荡了很久，很久。

那一刻A小姐不得不说，她着实是打了个寒战。本来以为自己就是宋冬野笔下的"没有草原的野马"，怎知道，野马遇到了比她更快更野的马。

众里寻他千百度，
蓦然回首，
那人却在灯火阑珊处。

——辛弃疾

从故事一开始，周遭朋友都有象征性地劝阻过A小姐。B先生是一个"有故事的男人"，所谓有故事，即"你在未来的某一天也将成为他的故事"；所谓有故事，即"你觉得撕心裂肺歇斯底里的爱，他未必能懂"；再所谓有故事，就是"故事的主人公，长途跋涉地翻过这座山，会踏另外一片林"。

生命涓涓的长流，被艺术家们形容得万般婀娜。最精彩的部分，不仅是飞流直下三千尺的惊鸿一瞥，闪电雷鸣的隔空挑衅，火辣艳阳中的汗流浃背。最有趣的部分，是我们顶着风雨前行，巧妙地避开险恶腾云直上，摔得头破血流又火速爬起。**爱得有多用力，摔得有多疼，看得有多远。**

有谁不爱蓝天白云，但有谁记下每天的皎洁？我们都深处春夏秋冬里，难得几分惬意，去体会四季分明的本意。四季该来就来，说走就走，不为任何人驻足，不为任何事而急促。兜兜转转，百转千回。

他们一起走过完整的春夏秋冬，他们还将，面临更多的春夏秋冬。B 先生在柳絮横飞的春，把自己作为惊喜弄得她在大街上哭得像个娃娃；在潮湿闷热的夏，她牵着他仰望星空，追逐近年来城市罕见的萤火虫，听浪花拍打在礁石；在瑟瑟冷风的秋，他把她暖在怀里搂着，从城市的这头，走到那头；大雪纷飞的冬，任她肆意地在雪地里滚成浪花，宠成宝。爱情是这世界上可以疗愈一切的良药。时间仿若可以凝固，时间仿若是飞逝。

A 小姐曾对他说："你答应我——无论以后发生什么，无论我们是否走到终点，我们永远都是最好的朋友。即使分开，也不要有诋毁，不要撕破脸，不要伤害。"这是她一直对感情最基本的要求，既然所有初衷都始于美丽，那么钟声响起的时候，又何必让彼此死得难堪。

B 先生斩钉截铁地回答："好，我答应你。但是，我们肯定会走到终点，我坚信。"他说："你不了解一个生活在海上的人，风浪根本不足惧，我们会砥砺前行。"

砥砺前行是什么？本义是在磨刀石上磨，引申为磨砺、勉励。就是历经磨炼，克服困难，往前进步的意思。A 小姐特别喜欢这个词，充满了坚韧和守候。

她小姐问他："你还记得，爱上我的原因吗？"

B 先生毫不犹豫：“当然记得啊，你的眼睛是会说话的，一眨一眨。一望下去清澈见底，这超越了所有的美丽。率真、精灵，纯粹。我忍不住地想守护你一生一世。”

> 情不知所起，一往而深。
> 生者可以死，死者可以生。
>
> ——《牡丹亭》

别老是把爱情看得那么不堪一击，自古以来多少男男女女为此痴、为之狂。A 小姐幸福地靠在他的肩头，蜷缩得像只小松狮：“我也记得我的原因，是上天，派我来疼你。”“你满足了我对一个男人，所有的期待。”这大概是她有生以来，说过的最动听的情话。

还记得吗？他们说好了不畏艰险，砥砺前行。哪有什么道路天生就是明朗的。未来虽然满是艰辛，虽然他们也会拌嘴难免分歧，但是“爱”，被塞得满满的，没有余地——何况他们从一开始就没给自己留有余地。

别忘记，
当初相爱的原因。

s e q u e n c e

我们说好不走散·关于“蜜罐儿”

1. 为什么要开始?

好多时候一件事情的起因和过程，不一定会有原因的。只是有天和闺密突然讨论起来，觉得每个人对情感的态度和感情经历都不同。我只能体会属于自己那部分的悸动和撕心裂肺，我认为感人的故事你未必会觉得如此。可每一段感情都是那么珍贵，都有着不能控制的开始和结束的缘由。你们对我如此信赖地倾诉，我也有责任以最大的能力去体会描述。

2. 我写的是谁?

这个问题真的是太多太多人问了。这些故事里面有我的故事，也有别人的故事，更有我的和别人的外加杜撰的故事。阅读的目的不过是想更好地了解感情、记录感情，而不是八卦。到底是谁，我想让你知道自然会让你知道。

3. 能不能不要叫 A 和 B ?

不能。就是想混淆视听，故事里只有 A 和 B，没有第三者插足的故事里面就不会有 C 和 D。另，对于一个非写作专业的人来说，便于管理，方便整理思路。

4. 你赚钱吗？写这个有钱吗？

这是我特不爱听的一句话。别污蔑了灵感。我乐意写就写，不乐意写谁也勉强不了。也请不要告诉我应该怎样怎样写，会有更多点击率更多人关注。我只随着心写，不求扩散。

5. 如何发给我故事？

可以在公众号留言区联系，然后我给你收割方式。写好了，我发送的时候会 tag 你，帮你记录。要走心的故事，走肾的数字单就算了。

6. 你打算写到什么时候？

写作是种好习惯，和谈恋爱一样，没感觉就不写了呗。随心情。

你说对了，我是个任性的人。我相信爱情。

结束语

正如她说的，谢谢你的记录，任何一个时候再回头翻看，至少知道自己竭尽全力过。

正如他说的，从没有想过会有什么结果，没想到就充满了期待。这将是我们以后多么美好的回忆。

正如我说的，其实我写的是你们的故事，自己的心。

正如你说的，蜜罐写完了，故事还要继续。

愿我们永远年轻、永远向前、永远热泪盈眶！